कुछ धागे उलझे हुए

(कहानी संग्रह)

डॉ. दिवाकर गोयल

Delhi-110089, India

प्रथम संस्करण : 2022
ISBN : 978-93-90889-09-9

मूल्य : 250/-

पृष्ठ सज्जा : ज्योति
आवरण : गूगल
Copyright: cojocaridragos

कुछ धागे उलझे हुए (कहानी संग्रह)
-डॉ. दिवाकर गोयल

Kuch Dhaage Uljhe Hue
-Dr. Dewakar Goel

Published by
PRAKHAR GOONJ PUBLICATION
H-3/2, Sector-18, Rohini, Delhi-110089
Email : prakhargoonj@gmail.com
sinha.neelu123@gmail.com
Ph. : 011-42635077, 7982710571, 7838505899
web : prakhargoonjpublications.com

उद्‌गार मेरे दिल के

किसी को गीत देता हूँ, किसी को साज़ देता हूँ
बहुत खुश होता हूँ, तो हर राज़ देता हूँ।
नहीं कुछ बचता है जब लुटाने के लिए,
तेरी खोई हुई आवाज़ को, आवाज़ देता हूँ।

तुम्हारी जुल्फ का साया, कुछ इस तरह आया,
जैसे जलती हुई धूप में पेड़ की छाया हो।

अभी तो इस बाज की असली उड़ान बाकी है,
अभी तो इस परिन्दे का इम्तिहान बाकी है,
अभी अभी मैंने लांघा है समुंदरों को,
अभी तो पूरा आसमान बाकी हैं।

सर्द सूने उदास होठों पर
तेरी यादों के गीत यूँ आये
जैसे आँचल किसी सुनयना का
रास्ते पे बदन से छू जाये

संगीता....

तुमसे पहले
तुम्हारे साथ लिखी कहानियाँ,
तुम्हारे नाम।

Untill the lions have their own storytellers
The history of hunt will always glorify the hunter-

अपनों से अपनी बात...

एक शायर और कवि के रूप में मेरे कविता-संग्रह 'सिसकते अरमान' ने मुझे अपनी पहचान बनाने का अवसर दिया और विभिन्न पत्र-पत्रिकाओं में छपती समीक्षाओं, साक्षात्कारों और पाठकों के अनेक पत्रों ने इस शायर के अंदर छुपे कहानीकार को जगा दिया।

हकीकत तो ये है कि कहानी लिखना मैंने पहले शुरू किया था और यकीन मानिये कहानी का कथानक और मेरे पात्र इर्द-गिर्द ही होते थे। उम्र के साथ-साथ मेरी कहानी बस बीस-बाईस साल की उम्र तक बढ़ी और उस कहानीकार दिवाकर को शायर और कवि ने छुपा दिया।

आज उम्र के तैंतालीसवें साल में जब कहानियाँ लिखी तो ये महसूस हुआ कि ये कोई आसान काम नहीं है, हाँ विचारों को व्यक्त करने की अधिक स्वतंत्रता है, पत्रों का चयन, घटनाक्रम को मोड़ना, दिशाएँ बदलना, अपनी मनः स्थिति को पात्रों के माध्यम से अभिव्यक्त करना ये सभी बातें कहानीकार का दायरा बहुत बड़ा कर देती हैं।

इस संग्रह में आपको बाल मनोविज्ञान को अभिव्यक्त करती कहानियाँ 'गलतियों का एक एहसास', 'एक मासूम शरारत' और 'गुमराहों के गुनाह' मिलेंगी वास्तव में इन कहानियों को उम्र के उस पड़ाव पर लिखा गया जब स्वयं मैं बालक ही था।

'कुछ धागे उलझे हुए,' 'और उम्र की दहलीज़ों को पार करते', 'अतीत के झरोखों से', 'अपनों को तलाशती ज़िंदगी', एवं 'एक मज़दूर की मौत', कहानियाँ जीवन के बहुत नजदीक हैं आपको लगेगा की कहानी के पात्र आपके आस-पास ही हैं सही मायनों में ये कहानियाँ यथार्थ के करीब हैं।

महानगरों के जीवन से, यहाँ के लोगों से प्रभावित होकर 'एक कड़वा झूठ सच के करीब' और कुछ धागे उलझे हुए का सृजन किया।

बम्बई में जीवन का पंद्रह वर्ष लम्बा पड़ाव रहा। नाम और शोहरत देकर इस महानगरी ने मुझे अपना बना लिया। कलकत्ता का बेगानापन व्यक्त किये बिना मेरा यह कहानी-संग्रह शायद अपूर्ण रहता इसलिए 'बेगानों में अपनों की खोज' लेख होते हुए भी, इस पुस्तक में शामिल है।

सिसकते अरमान को कैफी आजमी, जावेद अख़्तर, शबाना आजमी, निदा फाजली, और नौशाद साहब जैसे नामों ने सँवारा था।

वहीं आज कुछ धागे उलझे हुए पुस्तक भीड़ में अकेले खड़ी है, इसे तलाश है आपकी, जी हाँ आपकी और आपने इन कहानियों को कितना अपना समझा यह तो मुझे आपके पत्रों से ही पता लगेगा।

एक गायक, लेखक, कवि, शायर, प्रोफेसर, अपने कहानी-संग्रह के साथ आपके सामने खड़ा कह रहा है, "मुझे भी कहानीकारों की जमात में शामिल कर लो।" अब फैसला ये रचनाएँ ही करेंगी, देखिये कौन सी कहानी आप पहले पढ़ते हैं?

आपका अपना

डॉ. दिवाकर गोयल

एक सच मेरे करीब

अचानक मुझमें असम्भव के लिए आकांक्षा जागी। अपना यह संसार काफी असहनीय है, इसलिए मुझे चन्द्रमा या खुशी चाहिए-कुछ ऐसा, जो वस्तुतः पागलपन सा जान पड़े।

मैं असम्भव का संसाधन कर रहा हूँ... देखो, तर्क कहाँ ले जाता है- शक्ति अपनी सर्वोच्च सीमा तक, इच्छा शक्ति अपने अंत छोर तक!

शक्ति तब तक सम्पूर्ण नहीं होती, जब तक अपनी काली नियति के सामने आत्मसमर्पण कर दिया जाए। नहीं, अब वापसी नहीं हो सकती। मुझे आगे बढ़ते ही जाना है...

कालिगुला

दोस्त-सा बेबाक संवाद कर रहा है

कुछ धागे उलझे हुए एक ऐसी किताब है जिसमें हम उर्दू के शायर और हिन्दी के पहचान बनाते कवि को बतौर अफसाना निगार देख रहे हैं।

हरेक अफसाने के रंगों में शायरी का रवा होना ही इस किताब की खुसूसियत है। इंसान का इंसान से रिश्ता, रिश्तों की पेचीदगियों व ज़िन्दगी के उतार चढ़ाव व मानव मूल्यों की भरसक रक्षा कहानीकार दिवाकर का कथ्य धरातल है।

समीक्षाओं के दौरान इस किताब की कुछ विशेष कहानियां चर्चित रहीं जिन पर समीक्षकों ने वारहा खयालात रखे व अफसाना अदब के लिए खास निशानदेही ही है। 'अपनों को तलाशती ज़िंदगी' 'अतीत के झरोखों से' और 'उम्र की दहलीज़ों को पार करते' और 'प्यार मिटता नहीं कभी' जैसी कहानियां तथा साहित्य समीक्षकों के द्वारा बार-बार श्रेष्ठ कहानियों में शुमार की गईं है। मगर मैं इस किताब की उन कम चर्चित कहानियां को यहां चिन्हित करना चाहूँगा जिन पर दानिशवरों, पाठकों की नज़रे इनायत ठीक से नहीं हो पाई है।

शुरुआत करना चाहूँगा आत्मकथा 'बेगाने शहर में अपनापन' से। निदा फाजली ने शायर दिवाकर के लिए कभी कहा था, 'बाशऊर जहन का शायर'। कहानीकार दिवाकर ने हावड़ा के प्लेटफार्म पर एक शहर बेगाना सा जैसे सशक्त, जीवन शब्द चित्र तैयार कर जैसे कहानी की बुनावट रचा व कथा फ्रेम के मान्य कसौटी को सवालिया दायरे में ला खड़ा किया है। कथा शिल्प के विद्वानों को इस पर अवश्य ही गौर करना चाहिए।

कहानीकार दिवाकर का महापात्र 300 वर्ष बूढ़ी मेगासिटी कलकत्ता में कलम की किस खूबी से हमारे रूबरू कुर्सी पर आ बैठा है व सरकते हुए अपने ऐतिहासिक धूल तथा सेक्युलर युग के तेवर लिए किसी दोस्त सा बेबाक संवाद कर रहा है। कथा के पारम्परिक कसौटी पर न होने के बावजूद यह एक मुकम्मल कहानी है, एक शहर विशेष की पूरी संस्कृति, जिसे विश्व के आठ नोबेल पुरस्कार विजेताओं को कोख में रखने का सौभाग्य प्राप्त है। सलमा सिद्दिकी उल्लेखित यह शायर, खोये हुए, सोये हुए लम्हों का अफसाना निगार दिखने लगता है।

दर्द का सौदागर (बकौल जावेद अख़्तर) हमें संग्रह की श्रेष्ठ कहानियों में से एक 'एक मज़दूर की मौत' में नज़र आता है। कार्ल

मार्क्स के 'दास कैपिटल' का 'द्वन्द्वात्म भौतिकवाद' जग्गू के चरित्र में खून के आंसू लिए जम्हूरियत के ठेकेदारों से गुफ्तगू कर रहा है। सोचने को कुछ मजबूर करता है, झकझोरता है। यही कहानी की सफलता है। रमुआ के हाथों से लकड़ियों को आग दिखाई गई और भकभक करके धुएं में रमुआ की माँ को अब भी एक रंगीन धोती लहराती हुई नज़र आ रही थी। धोती... एक रंगीन धोती मशीन से रेजा-रेजा हुए बच्चे, पत्नी का सही ढंग से भरण-पोषण न करने वाला गरीबी का मारा कितने साफगोई से श्रमिक संगठन में अग्नि बीज बो जाता है।

'अपनों को तलाशती ज़िंदगी', पगली के सपनों का एक महल है एक आदमी का दूसरे आदमी से एक निर्दोष इंसानी रिश्ते को प्रतिबिम्बित करती है। तो 'अतीत के झरोखों से' में ग्रीष्म के उजाड़ में भटकते पंछी को चमकते तल में जल दिख जाने सा जज्बाती एहसास है। 'एक पढ़ा लिखा अनपढ़' चुटीली छोटी खूबसूरत हास्य कहानी में शुमार की जा सकने वाली लघु कथा है।

'गुमराहों के गुनाह' कहानीकार के शायद बालपन की कहानी है, मगर संवाद, पात्र, घटनाएं व सुखद उपसंहार मंजे हुए कहानीकार की तरह चुस्त है। किशोर पाठकों को 'गुमराहों के गुनाह' कहानी निश्चित तौर पर प्रभावित करेगी पर शैली, कथाशिल्प कथा विशेषज्ञों के लिए भी पठनीय व विचारणीय है। 'बेगानों में अपनों की खोज' यह अत्यंत ही मार्मिक कहानी है। इसमें समाज व पारम्परिक परिवार के क्रूर, अंधविश्वास हमारे रोंगटे खड़े कर देते हैं।

सम्पूर्ण कहानियों की विशेषता है कहानीकार की किस्सागोई। बहुत ही साफ सुथरे ढंग से पिरोयी गई कहानियां, बोलते पात्र, सशक्त कथा शैली। हमें यकीन है प्रोफेसर के अलावा साहित्य में रूचि रखने वाले पाठकवृंद इस संग्रह का स्वागत करेगा।

नन्द किशोर प्रसाद

सुप्रसिद्ध कवि लेखक चित्रकार एवं

एयर इंडिया में उच्च्व अधिकारी, कलकत्ता

कौन सी कहानी कहाँ है

अतीत के झरोखों से

शाम अपनी पूर्ण तरुणाई पर थी। चारों ओर तेजी के साथ अँधेरा बढ़ रहा था। किसी अनजाने डर से ही मेरे कदम तेजी से चलने लगे। बस यह चार फलांग का पैदल का रास्ता है, इसके बाद गाँव आ जाता है जहाँ बूढ़े माता-पिता मेरा बेसब्री से इंतजार कर रहे होंगे।

सूटकेस को एक हाथ से दूसरे हाथ में ले लेता हूँ। यह क्रम पूरे रास्ते चलेगा। दोनों हाथ समान श्रम उठा रहे हैं और अनायास ही जब ध्यान देता हूँ तो मालूम पड़ता है- क्षमता भी एक ही है और क्यों न हो, हैं तो एक ही डाल की टहनियाँ।

धीरे-धीरे गाँव करीब आता जा रहा है और रास्ते का एक-एक डाल कण मुझे मेरा अतीत याद दिला रहा है।

वही रास्ते, वही पेड़, वही मिट्टी, सब कुछ वही है, बदला है तो केवल समय और इसी समय ने गाँव के एक निखट्टू शैतान को प्रोफेसर बना दिया है। गाँव हर बार आता हूँ और साल में दो महीने शहर के आधुनिक वातावरण से दूर यहाँ बिताकर जो आनंद मिलता है वह शायद अमूल्य है।

न जाने क्यों इस बार हर कदम बोझिल है। एक तरफ उदासी है। शायद यह सारा समां भी मेरी तरह नलिनी की याद में व्याकुल है। एक साल और केवल एक साल ने ज़िंदगी को कहाँ ला पटका। एक साल पहले नलिनी ने अपने स्नेह से कुछ दिन रहकर ही इन गांववालों को अपना बना लिया था। ये लोग तो उसकी रिक्तता भुला चुके, पर क्या मेरे हृदय को कोई भर सकेगा?

लालटेन की टिमटिमाती रोशनी गाँव के आ जाने की सूचना देती है कुछ पक्के कुछ कच्चे गरीबी और अमीरी के अंतराल को उजागर कर रहे हैं। रात अपने प्रथम प्रहर में है। आशा थी कि लोग घरों में दुबके होंगे, पर यहाँ तो अपनी-अपनी चारपाई डाले लोग चौपाल बनाये थे।

"लो बड़े बाबू आ गये" रसिकराम की आवाज़ ने सबको मेरी ओर आकृष्ट कर दिया और फिर भीड़ में एक ताजगी-सी आ गई। पर फिर एकदम बुझकर मुझे कुछ समझा गई। हाँ! नलिनी! मेरी बगल खाली थी। बाबूजी के पैर छूते समय ऐसा लगा कि अबकी बार बुढ़ापे ने उनको कुछ ज्यादा ही घेर लिया है।

"और कहो बेटा, शहर के क्या हाल है?" मुखियाजी की आवाज़ मेरे कानों में पड़ी।

"सब ठीक ही है।" कहकर मैं चलने का उपक्रम करने लगा। बाबूजी भी साथ ही उठ आये। भारी कदमों से घर में घुसा। माँ की प्यार भरी गोद में फिर एक बार बालक बन गया। पता नहीं क्यों आँखें भर आयीं। इतना बड़ा होकर भी फफक उठा।

"अरे-अरे यह क्या करता है अमरीश बेटा? यह तो कुदरत का खेल है जब चाहे कोऊ को उठा लें। यह थोड़े ही देखती है कि किसको सदमा लगा है। और फिर अब कब तक उसकी याद लगायेगा? तेरी उमर ही क्या है? पहली तूने अपनी पसन्द की कर ली थी, हमारी खिलाफत के बाद भी। हमारी एक न चलने दी तूने। अब तेरे ताऊजी सोचते हैं हम दूसरे ब्याह उठावेंगे अपनी पसन्द से।"

"यह तुम क्या कह रही हो माँ? चुप करो। माँ यह सब सुनने नहीं आया हूँ।"

"हाँ-हाँ ठीक ही तो कह रही है तुम्हारी माँ। हमने लड़की की तलाश शुरू कर दी है।" बाबूजी का तेज स्वर कानों में पड़ा।

"पर बाबूजी नलिनी को मैं नहीं भूल सकता! मैं शादी-वादी नहीं करूँगा।"

मैंने कहा।

"यह पर-वर नहीं सुनना हमें। जो कुछ कहते हैं करो। यह न समझो हम बूढ़े देहाती हैं, तू शहरी हो गया तो बात न माने। अमरीश की माँ जरा खाना लगाओ भूख लगी है।" यह कहकर बाबूजी खाना खाने के लिए खटिया डालने लगे। गाँव से वापस आये एक सप्ताह हो चला है, पर माँ एवं बाबूजी से हुई बहस अभी भी कानों में बोल रही है। किस तरह उनसे नाराज़गी लेकर आया हूँ मैं ही जानता हूँ। हर समय आँखों में नालिनी की छवि रहती है- मानों मधुर मुस्कान से मेरा स्वागत कर रही हो। नलिनी को भूल पाना शायद असंभव ही है। नाराज़गी तो शायद नलिनी के स्वभाव में ही न थी- हर समय मुस्कुराना। कभी शाम को हम झील के किनारे बैठते, तो कहती- झील का शान्त स्वभाव देखते हो कितना एकान्त है! कितनी खामोशी है। पर इस जरा से पत्थर से इसका अस्तित्व हिल जाता है, चंचल हो जाता है, पर क्षणिक। अमरीश कहीं मैं भी क्षणिक-सा पत्थर तुम्हारे जीवन में हूँ जो हो जायेगा, भविष्य के अँधेरे में तुमसे दूर-बहुत-दूर। तब भी तुम शांत बने रहोगे या कोई दूसरा पत्थर...!

"नलिनी! यह क्या बक रही हो? तुम मेरी पत्नी हो, सदा साथ रहोगी।" मैं ज़ोर से डाँट दिया करता था।

ऐसे एक नहीं अनेक अतीत के पृष्ठ है, जहाँ एक साल में ही इतनी मोटी पुस्तक बन गयी है। यदि सारा जीवन भी दोहराऊ, तब भी खत्म नहीं होगी।

आज कॉलेज में काफी चहल-पहल रही। मुझे खूब बधाइयाँ मिली क्योंकि मैं एग्जामिनर बन गया था और ठीक एक हफ्ते बाद मुझे बनारस के एक कॉलेज में कमेस्ट्री का प्रैक्टिकल लेने जाना था।

बनारस! मैंने सोचा मेरे लिए बिल्कुल नयी जगह है। मैं कभी गया ही नहीं था। फिर परेशानी से बचने के लिए अपने पहुँचने की तारीख और ट्रेन का समय वहाँ के कॉलेज को लिखकर मैं निश्चिंत हो गया।

ट्रेन में बैठा-बैठा सोच रहा था गाँव से आये पत्र के बारे में, जिसमें साफ-साफ लिखा था कि तुम्हें शादी करनी है और अवश्य करनी है, नहीं तो संबन्ध-विच्छेद तक के देने की धमकी थी। मैं इसी अंर्तद्वंद में था कि क्या करूँ, क्या न करूँ- एक संधर्ष चल रहा था विश्वासघात! अपनी नलिनी के साथ! नहीं, कदापि नहीं! और बटुवे में लगे नलिनी के चित्र को देखकर लगता है मानों नलिनी रो रही है! सारे रास्ते मैं कभी नये वातावरण के बारे में कल्पना करता रहा या गाँव से आये पत्र को दोहराता रहा!

"बनारस आने में कुछ की समय बाकी है।" ट्रेन में बैठे एक सज्जन ने मेरी तन्द्रा भंग की और मैं अपना सूटकेस सँभालने में लग गया। चाय-पकौड़ी वालों की आवाज़ों के बीच ट्रेन बनारस के प्लेटफार्म पर रुकी मेरी नज़र प्लेटफार्म पर न जाने क्या ढूँढने लगी। सोचने लगा कि न मैं वहाँ के टीचर को जानता हूँ न वो मुझे, तब कैसे हो! यह तो पूरा विश्वास था कि कोई-न-कोई लेने जरूर आयेगा। काफी देर हो गयी और प्लेटफॉर्म की भीड़ छँट गयी। मैं अनमना-सा इधर-उधर घूमता हुआ अपने आपको या वहाँ के स्टाफ को कोसता रहा।

मैं अभी विचारों में था कि महिला की आवाज़- "सुनिये" मेरे कानों में पड़ी। मैं एकदम चौंक-सा पड़ा। सामने देखते ही अवाक्-सा रह गया। दो मिनट तक मैं घूमता रहा, फिर अचानक अपनी अभद्रता का ध्यान आया। वास्तव में वह महिला मेरी नलिनी का दूसरा रूप थी, बिल्कुल हमशकल।

वो बोली, "क्या आप ही मि. अमरीश त्रिपाठी है?"

"हाँ! जी...जी हाँ! मुझको ही अमरीश त्रिपाठी कहते हैं। आप?"

"जी मैं यहाँ क्राइस्ट चर्च कॉलेज में कमेस्ट्री की प्राध्यापिका हूँ।"

ताँगे में बैठ मैं उन प्राध्यापिका के साथ न जाने कहाँ जा रहा था! सम्भवतः वे मुझे कॉलेज ले जा रहीं थी। रास्ते भर में खामोशी मैंने तोड़ी, "क्या मैं आपका शुभ नाम पूछ सकता हूँ?"

हाँ! हाँ!? क्यों नहीं। मुझे रचना कहते हैं। "

सफेद साड़ी में रचनाजी काफी सभ्य और सौम्य प्रतीत हो रही थी। फिर तो बातों का सिलसिला चला तो कॉलेज के पाठ्यक्रम और कमेस्ट्री के इर्द-गिर्द धूमता रहा।

कॉलेज के विशाल प्रांगण में ताँगा रुका और मैं झट ताँगेवाले के पास पहुँच गया। उसका किराया पूछा ही था कि रचनाजी ने रूपये ताँगेवाले को थमा दिये! मैंने काफी कहा, पर एक न चली।

अब तक रचनाजी में मैं नलिनी का पूर्ण प्रतिबिम्ब पा गया था। मेरे वहाँ रहने के लिए कमरा अलग ठीक कर दिया गया था। एक नौकर को मेरे लिए रखा गया था।

रात का खाना प्रिंसिपल साहब के यहाँ था। वहाँ रचनाजी भी थी। खाने के बीच में प्रिंसिपल साहब मुझसे मेरे कैरियर के बारे में तथा कुछ कल होने वाले प्रैक्टिकल के बारे में पूछते रहे। सारे समय रचनाजी सिवाय हाँ... हूँ के कुछ न बोली। लौटते समय मुझे प्रैक्टिकल का समय व स्थान दिखाकर रचनाजी चली गयी। मैं रचनाजी की हर बात में नलिनी की समानता पाता रहा।

रात को काफी देर तक नौकर मुझसे बातें करता रहा। रचना के विषय में बोला, "बाबूजी क्या बतायें, इसे कहते हैं विधि का विधान। बेचारी रचना दीदी। कॉलेज की सबसे सीधी टीचर हैं। बस काम से काम और पढ़ाने में इन-सा दूसरा कोई नहीं है। पर जितना दुःख इनके पास है, भगवान किसी को न दें। एक सुखी संसार था इनका! देवता- सा पति, बहुत बड़ा अफसर, दोनों अकेले थे घर पर। कोई सगा न था, पर फिर भी इतना सुखी जोड़ा शायद दूसरा कोई नहीं।"

"बाबूजी रचना दीदी की शादी को सालभर भी न हुआ था कि इनके पति को काल ने डस लिया। उन्हें कैंसर था।"

"ओह... हो! यह तो बड़ा बुरा हुआ।" मैंने दुखभरी आवाज़ में कहा।

"क्या कहा जाये बाबूजी! यह तो होनी ही है। बेचारी वो तो कहो पढ़ी-लिखी थी, सो नौकरी अच्छी मिल गयी, पर विधाता ने बड़ा बुरा किया।" नौकर ने ठण्डी साँस ली।

रात भर सोच-विचार में डूबा रहा। कभी अपने जीवन की तुलना रचनाजी के जीवन से करता, तो लगता जैसे हम दोनों एक ही-सी परिस्थितियों के मारे हैं। दोनों जगह ही जीवन की माला जैसे बनने से पहले ही टूट गयी है। नलिनी और रचना की शक्लों में इतना अधिक एकत्व क्यों है और बात करने का ढंग भी वही। मैं सोचता रहा और न जाने कब सोचते-सोचते सो गया-नलिनी और रचना की दुनिया में।

प्रैक्टिकल के लिए पहली बेंच के सभी छात्र और छात्राएं आ चुके थे। केवल एक छात्र तथा एक छात्रा अनुपस्थित थे।

रचनाजी ने कापियाँ मेरे हाथ में पकड़ा दी और मैं मिक्शचर एक-एक छात्र-छात्रा को देता रहा। फिर कुछ मिक्शचर मैंने रचनाजी को दे दिये,"लीजिए, इनको आप दे दीजिये।

"नहीं नहीं! यह तो आपका अधिकार है, मैं भला क्यों...?"

"देखिये! ऐसी बात नहीं है, आपका भी पूर्ण अधिकार है, मैं कह रहा हूँ आशा है आप नहीं टालेंगी।"

"अच्छा! आप कहते हैं तो ठीक है।" रचना धीमे स्वर में बोलीं।

प्रैक्टिकल करने में छात्र और छात्राएँ लगे थे कि दरवाज़े पर एक छात्र एवं छात्रा खड़े दिखाई दिये।

"आप लोग अब आ रहे हैं। देखते नहीं प्रैक्टिकल शुरू हो गया है।" रचनाजी का अनपेक्षित कठोर स्वर सुनाई पड़ा।

"जी! जी! वो साईकिल पंचर हो गयी थी, मैडम!"

"ये बहाने किसी और को बताइये। जाइये-जाइये, अब घर जाइये।"

"मैडम, माफ कर दीजिये!" उनकी छात्रा बोली।

"आप इसकी बहन है?"

"यस मैडम!" छात्रा ने धीमे स्वर में कहा।

रचनाजी ने घड़ी की ओर देखा और फिर बोली," नो! इट

इज टू लेट, आई कैन नॉट परमिट यू। यू कैन गो नाव।"

और मैं मूक दर्शक की भाँति यह सब देखता रहा। वह दोनों रोनी-सी सूरत कर जाने लगे। फिर न जाने क्या हुआ, रचनाजी ने मुझसे कोमलता से पूछा, "क्या आप प्रैक्टिकल करने के लिए इन्हें परमिट कर देंगे?"

"जी हाँ, मैं तो पहले ही कहने वाला था, पर फिर आप..."

"वो देखिए! थोड़ा डिसिप्लिन रखने के लिए कठोर तो होना ही पड़ता है।"

रचनाजी स्वयं बाहर जाकर उन दोनों को बुला लायी और वो दोनों उनके आश्चर्य मिश्रित स्वभाव को देखते हुए कृतज्ञता से कॉपी लेकर जल्दी-जल्दी मिक्श्चर टेस्ट करने में लग गये मैं रचनाजी के स्वभाव से और अधिक प्रभावित हो गया।

सभी छात्र-छात्राएँ अपने कार्य में व्यस्त थे। टेबल पर पेपर वेट से खेलता मैं बातचीत का सिरा खोजने लगा।

"रचनाजी आपको यहाँ कितने साल हो गये?"

"जी मैं समझी नहीं।" वो बोली, "मेरा मतलब आपकी योग्यता से था। इतनी समझ, इतनी प्रशंसा हासिल की है आपने।"

आपको कैसे पता चला?"

"रचनाजी, प्रशंसा किसी की मोहताज नहीं होती, यह तो आपको देखकर ही लग गया और कुछ लोगों के मुँह से सुना।"

"तो आप कल से अब तक लोगों से भी मिल लिये।"

मैं झेंप गया, कुछ क्षण फिर चुप्पी।

"त्रिपाठी साहब ज़िन्दगी भी कठपुतलियों के खेल से अधिक कुछ नहीं।"

रचनाजी इस वाक्य ने मौन तोड़ा।"

रचनाजी मेरे विचार इस विषय में भिन्न है। यह तो व्यक्ति के सोचने पर निर्भर करता है। किस तरह की जीवन वो जीता है।"

"क्यों... आप यह किस आधार पर कहते हैं, जबकि आपकी हमारी सभी की डोर उसके हाथ में है, हर कार्य, हर बात उसके हुक्म की पाबन्द है। यह तो महज एक ख्याल आप बनाते हैं, असलियत यह है कि जो मनुष्य करना चाहता है भगवान उसका वैसे ही साथ देता है।"

"अच्छा यदि ऐसा है तो फिर कभी कोई कठपुतली का धागा भगवान क्यूँ तोड़ देता है, उसका सुखी जीवन अकेलेपन की झूलती रस्सी से लटका रह जाता है, आपके विचार में क्या इसमें भी मानव इच्छा है कि वो अपना घर बिगाड़ ले।"

"देखिये, यहाँ पर कर्म और फल की बात आ जाती है। हो सकता है उस आदमी के कर्म खराब हो रहे हों।"

"मैं यदि आपकी बात मान लूँ, तब जो व्यक्ति उसके जाने के बाद एकाकी जीवन व्यतीत कर रहा है, क्या उसके बारे में भी आप कर्मफल की बात कहेंगे?"

"नहीं, ऐसा नहीं है।"

"तब वह अकेला व्यक्ति क्यों जीवन से दूर गमों से दुःखी जीवन व्यतीत करता है। क्या उसके लिए कोई खुशी नहीं होनी चाहिए? मैं आपकी बात मानता हूँ। उस स्थिति में आप सोचिये क्या कोई दूसरा अकेला दुनिया में न होगा। यदि वे दोनों अपने गमों से समझौता करके एक नया जीवन व्यतीत करें तो मैं समझता हूँ कि इसमें कोई बुराई नहीं होगी।"

"देखिये त्रिपाठी साहब, आप सोचते रहे होंगे कि विज्ञान की अध्यापिका होने पर भी मैं कैसी दार्शनिकता की बातें कर रही हूँ। पर इतना मैं जानती हूँ कि विचारों को कह देना-विचार बनाना बहुत आसान है और कार्यरूप देना बहुत मुश्किल और बहुतों के लिए तो असंभव है।"

रचनाजी ने क्या कह दिया, मैं सोचता रहा कि मैं क्या कह गया हूँ और दो आँखें मुझे एकटक घूर रहीं थी।

फिर मैंने धीरे से कहा, "रचना, क्या मेरे बारे में तुम ऐसा सोचती हो?"

और फिर अपनी ही बेतकल्लुफी पर मुझे गुस्सा आया।

"मैंने ऐसा कब कहा? मैं तो एक सामान्य बात कह रही थी।"

"रचना ने क्या समझा, पर उसका मौन और आँखों में आँसू मुझसे स्वीकृत के साथ-साथ सब कुछ कह गये।

नलिनी और सब कुछ मैं रचना को बताता रहा। भावनाओं में क्या-क्या कहा, कुछ पता नहीं। हाँ इससे पहले की छात्र-छात्राएँ शांति से हमें हमारी आँखों में भरे आँसुओं को देखकर चौंकते, रचना ने बेल की आवाज़ होते ही सबकी कापियाँ ले लीं।

जब रचना को लेकर गाँव पहुँचा और मंदिर में हुई शादी की खबर से अवगत कराया, सबके चेहरों पर खुशी छा गई। बाबूजी और माताजी के पैर हम दोनों ने छुए। उन मौन आँखों में एक ही प्रश्न था और वह क्या प्रश्न था यह मैं अच्छी तरह जानता हूँ- "क्या यही नलिनी की याद का प्रतिरूप है? क्या यही तुम्हारे कहे शब्दों का यथार्थ है? कसौटी है? क्या यही नलिनी है?"

पर मैं इनमें विचलित नहीं हूँ। किसी को क्या पता की मैंने नलिनी को पाया है और दूर कहीं शून्य से नलिनी मुझे देख रही है। एक आस से! वह क्या आस है? शायद मैं नहीं समझता और न कभी समझ पाऊँगा क्योंकि वह एक शून्य है, जिसका अस्तित्व नहीं...।

कुछ धागे उलझे हुए

शाम के धुंधलके में कोहरे से लिपटे यह छोटी-सही जगह मेरे लिए चिर-परिचित है। लगता है सुबह से बर्फ गिर रही होगी, जो अब पिघलने लगी है। खिड़की खोलकर मैं बैठ गयी और धुंध से भरे वातावरण में शीशों पर अस्पष्ट-सा देखने का प्रयत्न करती रही हूँ। बर्फ पिघलकर पानी की बूंदों में धीरे-धीरे परिवर्तित हो रही है। शीशा बूंदों की एक के बाद एक कतारों से भरा हुआ। कभी एक मोटी-सी बूंद आकर सब बूंदों को अपने में समेट लेती और तीव्र गति से नीचे चली जाती। यह बड़ी बून्द शायद मेरे अतीत का विराम है, जो एक-एक पृष्ठ-सा पलट रही है।

एक सुन्दर सम्पन्न पति और दो बच्चे यही एक पूर्ण गृहस्थ जीवन है। जब यह सुखों से भरा हो तो उसके आगे शायद स्त्री की कोई लालसा बाकि नहीं रहती। मैं भी स्त्री हूँ और यह सब मेरे पास होकर भी नहीं रहा। कितने दिन हो गये पर फिर भी मेरा अतीत एक पुस्तक के रूप में सिमटकर रह गया और बीता हुआ एक-एक दिन एक पृष्ठ बनकर मुझे बार-बार पढ़ने को मजबूर कर रहा है।

बम्बई के स्टीवेन्सन कॉलेज के आधुनिक वातावरण में पढ़ी मैं किशोरावस्था के आते-आते शलभ के प्रेमपाश में बँध गयी और जब यौवन की दहलीज पर कदम रखा, तो शलभ एक ऊँचे ओहदे पर थे और मैं उनकी पत्नी के रूप में। हम दोनों में असीम प्रेम था। सामान्य प्रेम विवाह की भांति शादी के उपरान्त हमारा प्रेम घटा नहीं था, वरन बढ़ता ही गया। इस प्रेम का सबूत हमारा पुत्र सचिन मेरी गोद में आया। शलभ विभागीय पदोन्नति पाते-पाते आयुक्त के पद पर पहुँच गये और हमारा ट्रांसफर दिल्ली हो गया।

हमारी लाड़ली बिटिया भी अब आ गयी थी। हमने बड़े प्यार से उसका नाम शिप्रा रखा। हम संतुष्ट थे। सभी कुछ था। दो प्यारे बच्चे, देवतातुल्य पति और क्या चाहिए?

शायद विधि का विधान है कि वह अधिक दिन सौभाग्य नहीं देखता। हमने कोठी बदली और डिफेन्स कॉलोनी के एक सुन्दर बंगले में आ गये। वहाँ आसपास सभी ऊँचे लोग और धीरे-धीरे जान-पहचान का दायरा बढ़ता गया। तभी हमारे पड़ोस में सुधीर आया। सुधीर मेरे बचपन का साथी और काफी साल तक का राखी-बँध भाई था। सुधीर ने अभी तक शादी नहीं की थी। हमारे घर अक्सर खाना खा लेना, गपशप मरना रोज सामान्य बात

थी। ये भी उसको पसंद करते थे और हम साथ घूमने जाते। कभी पिकनिक पर हमारे साथ सुधीर भी होता। पुराने सम्बन्ध धीरे-धीरे और घनिष्ठता में परिवर्तित होते चले गये। सुधीर का बिजनेस था, अतः वह अक्सर खाली ही रहता और दोपहर में जब बच्चे स्कूल में होते... ये ऑफिस में... तो उसकी चटपटी गप्पों से मेरा समय ऐसे कट जाता कि पता ही न लगता था।

हमारा गृहस्थ जीवन बहुत सुखी था। हँसना, खेलना, पार्टियाँ, और सभी आधुनिक सुख-सुविधाएं मानों मैं स्वर्ग का अनुभव कर रही थी। इन सबसे ऊपर पति का अपार प्रेम, जो केवल मेरे लिए था।

तभी एक दिन सुधीर ने मुझे एक सूचना दी जिसे सुनकर मैं स्तम्भित रह गयी। सहसा विश्वास नहीं हुआ। शलभ और अपनी लेडी स्टैनो के साथ...! नहीं! नहीं! बिल्कुल असम्भव! मैंने सुधीर को लताड़ दिया। पर जब कभी एक शक का पौधा अंकुरित हो जाता है, तो आसानी से मिटता नहीं। ऊपर से सुधीर की बातें जले पर नमक का काम करती।

मैं खिन्न-सी रहती और स्वाभाविक कटुता से भरा मेरा व्यवहार पाकर शलभ को आश्चर्य होता, कहते- "भई सुनीती, तुम्हें यह क्या होता जा रहा है? न हंसती हो, न बोलती। क्या बात है?" पर मैं "कुछ नहीं" का संक्षिप्त उत्तर देकर धीरे-धीरे एक फासला कायम करती गयी।

जब कभी लेडी स्टैनो इनके साथ कार में दिखाई पड़ जाती तो मैं अंदर ही अंदर घुट जाती पर यह आग अंदर ही अंदर धधकती रही। शलभ भी इस बात को समझते थे या नहीं, पर अब उन्हें सुधीर और मेरा साथ पसंद न आता। हालाँकि मैं सुधीर को पूरी पवित्रता के साथ भाई मानती थी, पर इनके मन में अब सुधीर के प्रति एक कटाव सा आ गया। न जाने क्यों? और धीरे धीरे हम पास होकर भी दूर होने लगे, जबकि इनसे मेरी इस विषय पर कभी बहस नहीं हुई।

सचिन और शिप्रा को शिमला पढ़ने भेज दिया था और वो होस्टल में विद्यार्थियों की तरह बस साल में एक बार घर आते। मम्मी-डैडी के बीच क्या घटित हो रहा है, इसकी न उन्हें खबर थी न हम ही यह महसूस होने देते। सचिन बड़ा था, वह कुछ-कुछ समझता, पर फिर भी हमारे बीच इस खिंचाव का उसने कारण नहीं पूछा। पूरी गर्मी हम बच्चों के साथ हँसी-खुशी गुजार देते-यह सोचकर कि हमारे बीच की दूरी का उनको आभास न हो।

मैं धीरे-धीरे उस स्टैनो से इनके बढ़ते संबंधों की चर्चा सुनती रही। एक दिन जब ये ऑफिस से घर लौटे, तो मैं बरस पड़ी। मैंने उग्र स्वर में कहा- "शलभ, तुम इतने गिर जाओगे, मुझे इसकी कल्पना न थी। एक स्टैनो की पीछे तुम मुझे भूल जाओगे..मैंने तुम्हें क्या नहीं दिया... एक आदर्श पत्नी बनी और अब तो मेरे धैर्य की भी सीमा टूट चुकी है।"

शलभ इस अप्रत्याशित बहस के लिए शायद तैयार न थे। कुछ आश्चर्य में वो बोले, "सुनीती, यह तुम क्या कह रही हो... मैं और स्टैनो? कहीं तुम्हें धोखा हुआ है। क्या बेकार की बातें कर रही हो?"

और उत्तर में मैंने वो सभी बातें दोहरा दी जो कि सुधीर से सुनी या देखी थी। पर शलभ उन सबका असफल निराकरण करने का प्रयत्न करते रहे और मैं भावावेश में न जाने क्या-क्या कहती रही। थककर शलभ उद्विगन हो घर से चले गये। रात गहरी होती गयी... मैं बिना खाना खाये शलभ पर भुनभुनाती रही।

रात को बारह बजे शराब के नशे में बकबकाते शलभ ने घर में प्रवेश किया। एक पागल-सा रूप देखकर मैं उल्टे उन्हीं पर बरस पड़ी और रटे-रटाये संवाद से मैंने शलभ को फटकार दिया। पर आशा के विपरीत शलभ मुझ पर ही बरस पड़े और मेरे तथा मेरे मुँह बोले भाई सुधीर के संबंधों को लेकर खूब बातें कहीं। मैं आक्षेप सहन न कर सकी और सिवाय यह कहने के कि सुधीर मेरा भाई है... मैं राखी बाँधती हूँ...मेरे पास कोई उत्तर न था।

"राखी! कैसी राखी? क्या सगे भाइयों की कमी थी, इसकी ज़रूरत पड़ी? मैं इन बेकार की बातों को नहीं मानता। यह कहो कि तुम्हारा दोस्त सुधीर और कोई नहीं बल्कि तुम्हारे मन बहलाने का साथी है।"

"शलभ... " मैं गरजी।

"हाँ...हाँ! एक बार नहीं हजार बार कहूँगा कि तुम राखी की आड़ में एक पवित्र रिश्ते को बदनाम कर रही हो।"

"तुम अगर सुधीर को अपना दोस्त कहो तो मुझे आपत्ति नहीं, पर यह धर्म-भाई वाली बात मैं नहीं मानूँगा।"

"और तुम्हारी लेडी स्टैनो?" मैंने पूछा।

वो केवल और केवल मेरी स्टैनो है, दफ्तर का मेरा काम करती है, कभी मैंने लिफ्ट दे दी तो कोई गुनाह नहीं किया।"

"हाँ...हाँ... क्यों नहीं? कार में ही क्यों, उसको घर ले

आओ और मैं उसकी सेवा करूँ, तुम तो यही चाहते हो।"

"सुनीति, तुम यह बकवास बंद करोगी या नहीं या फिर मैं घर छोड़कर चला जाऊँ।"

बस इतनी बहस के बाद उस समय हम दोनों ने ही मन का गुबार निकाल दिया।

अगले दिन जब सुधीर को यह सब मालूम पड़ा तो उसे भी बहुत गुस्सा आया। वास्तव में वह मेरा हमदर्द बन गया और फिर मैं जानबूझकर शलभ को जलाती रही। सुधीर के साथ पिक्चर चली जाती या कभी कहीं। शलभ भी अपनी स्टैनो के साथ खूब घूमते, पर उन्होंने इस बार मुझसे कुछ नहीं कहा।

मैं अपनी जगह अपने भाई-बहन के पवित्र रिश्ते को निभा रही थी। मेरा विचार में जब व्यक्ति अपनी पत्नी के प्रति अविश्वासी है फिर बार-बार सत्यता का सबूत देने का क्या लाभ?

तालाब में तब तक कृत्रिम लहरें उठती रहेंगी, जब तक कि हम उसमें पत्थर डालते रहें। मानव सम्बन्ध जो कि पूर्णतया भावनाओं से जुड़े रहते हैं, उनमें ही अविश्वास की दरार पड़ जाये तब उनका कोई अस्तित्व नहीं।

मेरे पारिवारिक जीवन में कटुता बढ़ती गयी। मैं अपना प्यार खोकर कभी-कभी तड़प उठती थी, पर फिर अपने अहं के कारण शलभ से कुछ न कह पाती। कभी-कभी एकान्त में सोचती कि इन गलतफहमियों से मैं कितना कुछ खो चुकी हूँ और अब पानी में पड़े कपूर की तरह लहर खाती निरन्तर खोती जा रही हूँ।

कभी अंतर्मन कहता, "सुनीती, शलभ तेरा पहले वाला शलभ ही है, उसके चरणों में गिरकर माफी माँग ले।"

पर तभी मेरा मन ज़ोर से कह उठता, "नहीं कभी नहीं। उसने मेरे साथ विश्वासघात किया है। भाई-बहन के पवित्र-रिश्ते पर शक किया है।"

इसी उधेड़बुन में समय पंख लगाये उड़ता रहा और शलभ में एक विचित्रता आती रही। वह अत्यधिक शराब पीने लगे और रात को देर से लौटना तो शायद उनकी आदत हो चुकी थी।

सुधीर भी अब कम ही आता था। उसने शादी कर ली थी। और उसकी पत्नी कुछ रिजर्व नेचर की थी। वह एक कॉलेज में लेक्चरर थी, अतः उससे कोई सम्बन्ध न था। शलभ के लिए तो घर एक होटल से अधिक कुछ न था।

और फिर जीवन का वह दिन भी आ गया, जिसकी शायद

नियति को तलाश थी। एक दिन शलभ अपनी स्टैनो को लेकर घर ही आ गए। मैं कुछ समझ सकती इससे पहले नशे में धुत्त शलभ को संभाले उसकी स्टैनो मेरी ओर आयी। शलभ ने मुझसे कहा, "जरा चाय बनाओ हमारे लिए।"

"हमारे लिए" मैं ज़ोर से भुनभनाई। गुस्से से मेरे हाथ-पैर काँप रहे थे, तभी वह स्टैनो बोली" अच्छा, तो यही है...तुम्हारी पत्नी! पर उसका वह भाई नहीं दिखाई दे रहा, जो इसका मन बहलाया करता था।

"खबरदार, जो आगे कुछ कहा," और इसके साथ ही मैंने एक जोरदार थप्पड़ उसको लगा दिया और वह चली गयी।

शलभ कहते ही रह गए कि वो तो भई एक फाइल पूरी करने आयी थी।

मैं गुस्से में भुनभनाती इधर-उधर घूम रही थी कि सुधीर आ गया और इससे पहले कि शलभ को देखकर कुछ कहता, शलभ ही पूछ बैठे, "क्यों आये हो"

"सुनीती के पास काम से आया हूँ"

"क्या काम?"

"कुछ भी...मेरी बहन है,"

"कैसी बहन? कौन बहन? सुनीती के और बहुत भाई हैं, तो तुम्हारी क्या ज़रूरत थी? मैं फिर कहता हूँ की धर्म- भाई मैं नहीं मानता। यदि दोस्त कहते हो तो मान भी लेता। मैं स्वतंत्र विचारों का व्यक्ति हूँ और स्त्री-पुरुष की निःस्वार्थ दोस्ती को मान सकता हूँ, पर यह राखी की मर्यादा भंग होते नहीं देख सकता।"

"शलभ! तुम होश में हो या नहीं।" सुधीर ज़ोर से चीखा।

"निकल जाओ मेरे घर से।" शलभ की आवाज़ के साथ ही सुधीर चला गया। फिर शलभ ने मुझे काफी नरमी से समझाया कि मैं इन गलतफहमियों को दूर करके एक बार फिर अपने बीते दिन लौटाऊँ। पर मैंने दो टूक कह दिया, "शलभ छूटा हुआ तीर और मुँह से निकले शब्द वापस नहीं आते। भाई-भाई होता है। यह ज़रूरी नहीं खून के रिश्ते ही भाई और बहन बनाये। और फिर किसी को बहन बनाना मात्र कह देने की बात नहीं एक व्रत है जो भाई को निभाना पड़ता है। तुम कहते हो भाई क्यों बनाया! सगे भाई होते हुए, तो जीवन के हर मोड़ पर हर नारी निर्बल होती है और कभी भी विपदा में बिना राखी बाँधे ही भाई बन जाते हैं। सुधीर मेरा भाई इसी तरह बना था।"

पर शलभ मेरी बात सुनकर भी अनसुनी करते रहे, मुझे समझाते रहे। मैं उद्विग्न-सी उसी समय घर से चल दी।

सुधीर मुझे मिला था, पर सहानुभूति के अतिरिक्त कुछ उसके पास न था। सुधीर, जिसे भाई मानती रही जिसके कहने पर, जिसकी बातों पर विश्वास करके ही मैंने अपने पति पर शक किया और आज जब उसके घर गयी तो वही अनजान-सा लगा। मैं सुधीर के यहाँ से चली तो दरवाज़े के पास आकर ही मेरे कदम ठिठक गये। सुधीर और उसकी पत्नी के छिटपुट स्वर कानों में पड़े।

"ओहो, तो यही तुम्हारी धर्म-बहन है!"

"ओ नो डार्लिंग यह तो बचपन की मज़ाक में राखी बँधाई थी। शादी से पहले इससे गप्पें मारकर बोरियत दूर होती थी।"

"पर इसने तो घर छोड़ दिया। तुमको भाई मानती है।"

अरे डियर, जो औरत अपने पति की सगी नहीं रही, वो हम जैसे धर्म-भाई की क्या सगी होगी!"

मैं एकदम बेहोश-सी होने लगी। जैसे किसी ने गरम-गरम सीसा मेरे कानों में घोल दिया हो। एक बार मन में आया, सुधीर से लड़ूँ, पर फिर व्यर्थ जानकर वहाँ से चली आयी। सोचती रही कि वापस शलभ के पास जाऊँ, माफी माँग लूँ। पर फिर शलभ के कहे आखिरी शब्द याद आये, "अब लौटकर मत आना।" मेरा स्वाभिमानी मन डोल उठा, बच्चों की ममता तड़पाने लगी। पर मैं अपने अहं के कारण सब कुछ छोड़कर इधर से उधर घूमती रही।

फिर दिल्ली से दूर-बहुत दूर अपने प्यारे परिवार की यादों से भागती एक शहर में टीचर बन गयी।

कुछ दिनों बाद अखबारों से ज्ञात हुआ कि शलभ की स्टैनो दफ्तर का ही कुछ रुपया व शलभ के घर का सामान लेकर लापता है और फिर कुछ समय बाद जो कुछ सुनने को मिला, वह मेरी कल्पना के परे था। बड़े-बड़े अक्षरों में लिखी अखबार की पंक्तियाँ मेरी आँखों के सामने घूमने लगीं, "दिल्ली के मुख्य सचिव श्री शलभ कंठ द्वारा आत्महत्या! कहा जाता है कि पारिवारिक विघटन तथा तथाकथित अफवाहों के कारण उन्होंने आत्महत्या की।" मेरा मन कचोट उठा।

शिमला गयी, तो वहाँ मालूम पड़ा कि घर से फीस न आने व पिता के देहान्त के बाद, मेरे सचिन और शिप्रा को स्कूल छोड़ना पड़ा। काफी ढूँढ़ने के बाद भी मैं उनका पता न लगा सकी।

मेरा मन हाहाकार कर उठा। मेरा सब कुछ लुट चुका था।

एक बार पूरे जीवन के बारे में सोचते हुए मुझे लगा कि सब मेरे उस राखी-बँध भाई सुधीर के कारण हुआ। मेरी दुनिया उसके मनोरंजन के लिए लुटी और एक चोट खाई साँपिन के समान जब सुधीर से बदला लेने पहुँची, तो वह विदेश जा चुका था।

अब मेरे पास कोई अपना न था। मैं एक ऐसी माँ थी जिसका ममत्व अधूरा था। मैं एक ऐसी विधवा थी, जो जब सधवा थी, तब भी अधूरी पत्नी ही रही। मुझे चारों ओर अपने गुनाह याद आये। पछताती रही, पर कुछ हासिल नहीं।

मैं एक ऐसी लहर थी, जो एक सुखमय जीवन व्यतीत करने की इच्छा करती हुई किनारे की ओर दौड़ती है। पर यह क्या? किनारे की मिट्टी कट जाती है। पर यह लहर फिर प्रयत्न करती है। बार-बार प्यार की खोज में दौड़ती है। प्यारभरा साथ-किनारे का साथ पाने को। पर किनारा बार-बार कटकर दूर होता जाता है और फिर अंत क्या होगा कि वह नदी एक समुद्र से मिल जाएगी और इस समय तक वह स्वयं भी एक बड़ा समुद्र बन चुकी होगी। जन्म होगा एक विशाल समुद्र का, जहाँ इस लहर का कोई अस्तित्व नहीं होगा।

मैं अपने बच्चों के प्यार में उनकी तलाश करती रही, पर शायद अब सुख जीवन में नहीं था। लाख कोशिशों के बावजूद मैं उन्हें नहीं ढूँढ पायी।

खिड़की के शीशों पर शायद बूँदे अब भी हैं, पर रात घिर आई है और कमरे के धीमे प्रकाश में मेरे जीवन की किताब का आखिरी पृष्ठ अधूरा है, जो शायद हमेशा अधूरा रहेगा।

सुख की तलाश में कभी-कभी दुःख की ऐसी गर्त मिलती है, जहाँ से वापस आना असंभव है! मेरा जीवन क्या एक पहेली से कम नहीं, एक मोमबत्ती की तरह जल रही हूँ यह जानकर भी जलते-जलते एक दिन स्वयं समाप्त हो जाऊँगी।

शिमला में हर साल आती हूँ, गर्मियों के दो महीने सचिन और शिप्रा की तलाश में एक आशा अब भी शेष है और शायद मरते दम तक रहेगी। हर बार इसी होटल के इसी कमरे में ठहरती हूँ और मेरे अतीत की किताब के पृष्ठ इसी तरह उलटते रहते हैं कुछ बिखरे पन्ने जिनका कोई ओर-छोर नहीं।

अपनों को तलाशती ज़िंदगी

मारो,... मारो, पगली, पगली...मारो, मारो...

बहुत सारे बच्चों का रेला, हाथ में पत्थर लिए एक महिला के पीछे दौड़ रहा था। वह बेचारी भागती जाती, कभी हाथों से पत्थरों की वर्षा को रोकने का असफल प्रयास करती पर इतने सब पर भी उसका सिर खून से भीगा हुआ था। माथे पर पड़ी बालों की लटें भी खून के प्रवाह से आपस में लिपट आयी थी। सबसे अधिक आश्चर्यजनक था कि वह अपने बचाव के लिए चिल्ला नहीं रही थी मूक बनी मार सह रही थी, शायद वो जानती थी कि उसकी चिल्लाहट निरर्थक होगी।

निम्न श्रेणी के लोगों की यह बस्ती शहर से अलग थी पर अधिक दूर नहीं। निर्धनता के प्रतीक घास-फूस के झोपड़े और नंगे, फटेहाल बच्चे, हड्डियों के ढाँचे-से नज़र आ रहे थे। आवारा कुत्तों की भीड़ का अपना अलग ही महत्व था। कसाईयों की दुकानों पर लटके मांस के टुकड़े उस बस्ती के रहस्य को खोल रहे थे।

क्या मैं उस गन्दे माहौल में खड़ा था? यह मैं स्वयं भी सोच नहीं पा रहा था कि कर्त्तव्यविमूढ़- सा मैं उस महिला को देख रहा था। अचानक न जाने क्यों मैं एक बच्चे को पकड़कर चाँटे मारने लगा, पत्थरों की वर्षा बंद हुई और एक अप्रत्याशित भीड़ ने मुझे घेर लिया, क्यों जी, हमारे लाल को क्यों मारा?

"उस पर पत्थर फेंक रहे थे- इसलिए," मैंने सादा-सा जवाब दिया। "वो पगली है इसलिए उसे भगा रहे थे," एक मोटी तोंदवाला कसाई बोला।

"वो पगली नहीं है, यदि यही रवैया रहा तो, हाँ हो जाएगी," मैंने साहस जुटाते हुए कहा।

"अबे तेरी क्या रखैल है जो हिमायती बन रहा है।"

"क्या कहा?" मैं क्रोधवश काँप उठा आँखों में खून उतर आया और फिर मुझे याद नहीं कि मैंने उस आदमी को कितना पीटा क्योंकि उस भीड़ ने मुझे घेरकर मार-मारकर अधमरा-सा कर दिया था।

मैंने आँखें खोली तो सामने वही महिला (यहाँ मैं नाम से सम्बोधित कर दूँ तो गलत न होगा) हाँ परवेन्दर नाम था पर उसको पैरो कहते थे सब।

वो मेरे माथे को गीली पट्टियों से पोंछ रही थी। मैं अचकचाकर बैठ गया। "अरे पैरो तुम! तुम्हें ज्यादा चोट लगी है, देखो खून तुम्हारे सिर पर अब भी लगा है।"

"बाबू! कब तक इस तरह मुझे बचाओगे मैं तो पगली हूँ, तुम क्यों हैरान होते हो। अब इस जीवन में रह ही क्या गया है।" पैरो अश्रुपूर्ण नेत्रों से बोली।

"नहीं पैरो! तुम अपने को संभालो। भूल जाओ सब, एक नयी ज़िंदगी जियो पैरो। पागल मत बनो।" मैंने उसे ढाँढ़स बँधाने का असफल यत्न किया।

"अरे बाबू अब मौत की तमन्ना ही बाकि है क्यों अपने ऊपर बदनामी ठहरवाते हो। मुझे मरने दो बाबू!" और पैरो सिसकने लगी मैंने उसके सिर पर हाथ फेरा और दोनों हाँथों से सिर पकड़कर बैठ गया।

सारा अतीत, एक-एक घटना मुझे चौका रही थी।

मैं जब नया-नया नौकरी पर लगा था तो यहाँ सलाहपुर में आकर मुझे मकान की बड़ी परेशानी हुई। दिन-रात इधर-उधर मकान की तलाश में घूमा करता एक दिन ऐसे ही दोपहर को ऑफिस से लौट रहा था कि सामने से एक सरदार आते दिखाई दिये साँवला रंग, सिर पर मैली पगड़ी और कुल मिलाकर एक ट्रक ड्राइवर का व्यक्तित्व, मेरी तरफ मुखातिब होकर तपाक से बोले, "अरे ओ बाशाओ! कित्थे घूमते हो तुसी, मकान की तलाश है तो इदरे आओ।"

हाँ! हाँ! आपने ठीक समझा, बड़ा परेशान हूँ, अभी नया-नया आया हूँ बड़ी कृपा होगी। मैं एक ही साँस में कह गया।

"तुसी गम न करो असी काहे बास्ते है।"

और फिर एक छोटा-सा मकान मिल गया। बस्ती गरीबी लोगों की मुझे मकान की सख़्त ज़रूरत थी फिर मकान ठीक ही था मैं पड़ोसी बन गया सरदारजी का। ज्यादातर समय मेरा ऑफिस में इधर-उधर ही निकल जाता था घर तो बस रात को सोने भर का स्थान था।

छोटी-सी बस्ती में कोई ढंग का होटल नहीं था, अतः मैंने स्वयं खाना बनाने की सोची और धीरे-धीरे मैं खाना ठीक-सा ही बनाने लगा।

सरदारजी और मेरा मकान सटा हुआ था। बस एक छोटा-सी दीवार का अंतर था।

गर्मियों के दिन आये तो मैं आँगन सोने लगा। बराबर वाले घर में क्या हो रहा है। इसकी भनक धीमी व तेज आवाज़ों के माध्यम से मुझे पड़ ही जाती थी।

सरदारजी किसी ट्रांसपोर्ट कम्पनी में ट्रक चलाते थे। स्वभावतः उन्हें शराब की लत थी, सो रात गये घर आकर हो-हल्ला या लड़ाई नित्यक्रम था। पड़ोसियों का आपसी घरेलू मामला, यह समझकर बोलना मैंने उचित न समझा।

धीरे-धीरे मार-पीट तक ही आवाज़ आती और मैं ठीक से सो न पाता। पर फिर भी मौन धारण किये था क्योंकि कोई भी दूसरा मकान मिलना मुश्किल था और यह भी सरदारजी की इनायत पर था।

हर रात की तरह इस रात भी सरदारजी पिए हुये और नशे में झूमते आये। रात के एक बजे भी दरवाज़ों की गड़गड़ाहट और चिल्लाने की आवाज़ों ने मुझे चौंका- सा दिया। फिर मार-पीट का सिलसिला शुरू हुआ और सरदारजी के अस्फुट स्वर मेरे कानों में पड़े।

"तो! तो क्या तुमने वहाँ जाना भी शुरू कर दिया, नहीं! नहीं!" और किसी के ज़ोर से गिरने की आवाज़ आयी फिर भयंकर नशीली आवाज़, "चल उठ हरामजादी तेरे बाप की कमाई नहीं खाता हूँ।" एक जोरदार झापड़ की आवाज़।

अब मुझसे रहा न गया मैं धीरे-धीरे दीवार के समीप पहुँचा और थोड़ा-सा उचककर मैंने जो देखा तो बरबस क्रोध से मुट्ठियाँ भिंच गयी। सरदारजी अपनी पत्नी के बाल पकड़े थे बेचारी के वस्त्र भी अस्त-व्यस्त थे। पाँच छोटे-छोटे बच्चे एक कतार में खड़े थे।

कुम्हलाए चेहरे, नंगे बदन, बस एक जाँघिया पहने हडिडयों के ढाँचे से वे बच्चे इस लोमहर्षक काण्ड को देख रहे थे। उफ तक करना मानों पाप था या वे जानते थे कि कुछ भी चिल्लाने का मतलब था बाप की दुगनी मार। पहली बार मैंने सरदारनी का मुँह देखा तो लगा जैसे यह स्त्री सरदारों के परिवार की न होकर किसी हिन्दू घर की है। मैं न जाने किस उधेड़बुन में खड़ा सोचता रहा, चाँटे, घूसे और लातों की मार सहते-सहते बेचारी बेहोश हो गयी। उसके ऊपर एक लात और मारकर एक भददी गाली सरदारजी ने दी, "साली मरी भी नहीं" के साथ वे अंदर चले गये।

अब जो दारुण दृश्य सामने आया उसकी मुझे कल्पना न थी। पाँचों बच्चे माँ के चारों ओर घेरा लगाकर खड़े हो गये। एक बच्चा पानी ले आया, मुँह पर छोटे चाँटे मारे और थोड़ा पानी

पिलाया फिर बैठकर वे माँ! माँ! कहकर उसे हिलाने लगे। मैं अब और देख पाने की शक्ति न जुटा सका और आकर अपनी चारपाई पर लेट गया। रात के ढाई बज रहे थे, फिर भी आँखों से नींद कोसों दूर थी। सरदार जी सुबह-सुबह ही अपने काम पर चले जाते थे। मैं भी सामान्य-सा दफ्तर गया, फिर दो दिन तक कोई भी घटना नहीं घटी हाँ यह जरूर था कि सरदारजी ज़रूरत से ज्यादा पीकर आते थे।

फिर एक रात करीब बारह बजे मेरे दरवाज़े पर दस्तक हुई मैं हड़बड़ाकर उठा और दरवाज़ा खोला तो आश्चर्यचकित रह गया। सरदारनी एक चादर में अपने को ढके खड़ी थी। इससे पहले कि मैं कुछ कहता वो बोल उठी, "बाबूजी माफ करना तुम्हें तकलीफ दी। इनके सिर में बहुत सख़्त दर्द हो रहा है कोई बाम वगैरह हो तो दे दो। बाबूजी मैं कहाँ से डॉक्टर को बुलाऊँ तेज बुखार भी है इनको।"

मैंने उसे एक मिनट ठहरने को कहा और अंदर जाकर बॉक्स में से दो गोलियाँ और बाम की शीशी लाकर उसके हाथ पर रख दी। आवश्यक हिदायत देकर मैं पलटा कि उसका स्वर फिर मेरे कानों में पड़ा, "बाबूजी क्या तुम डॉक्टर हो जो ये दवा भी रखते हो।"

उसके भोले मुख से यह प्रश्न सुनकर मुझे हँसी आ गयी। "अरे नहीं! ये तो थोड़ी-बहुत ज़रूरत की दवाएँ घर पर रखता हूँ। मैं कोई डॉक्टर-वाकटर नहीं हूँ। जाओ यह बाम लगाकर दवा दे दो।"

कुछ लजाती-सी वो धीरे-धीरे कदम बढ़ाकर चली गयी। मैं न जाने क्या-क्या सोचता हुआ चारपाई तक आया फिर ध्यान आया अरे दरवाज़ा तो बंद करना भूल गया फिर वापस लौटा, उस दिन भी नींद नहीं आयी।

वास्तव में नारी हृदय, ममता का यह दर्शन दुर्लभ है। न जाने कब तक क्या-क्या मैं सोचता रहा।

दो दिन तक शायद सरदारजी बीमार रहे क्योंकि कोई भी घर से बाहर नज़र नहीं आया। मैं भी इस ओर अधिक ध्यान नहीं दे पाया क्योंकि ऑफिस का कुछ अधिक ही काम चल रहा था।

चौथे दिन इतवार, छुट्टी का दिन था। मैं नहा-धोकर कपड़े तार पर फैलाकर कमरे में बैठा कोई किताब पढ़ रहा था कि तभी सरदारनी आती दिखाई दी उसके हाथ में बाम की शीशी थी। शीशी मुझे देकर कुछ सकुचाती-सी बोली, "वो, बाबूजी ऐसा है कि ये चार दिन से काम पर नहीं गए सो घर में राशन बिल्कुल नहीं है कुछ पैसे, नहीं! आटा हो तो दे दो इनके काम पर आते ही लौटा देंगे,

बाबूजी खाना तो आप अपने आप बनाते हो न" एक ही साँस में इतना सब कहने के बाद वो हाँफने-सी लगी वो उसका कुम्हलाया मुख और हाव-भाव साफ बता रहे थे कि चार दिन से उसने कुछ नहीं खाया।

मैं अंदर जाकर एक बड़े कागज़ में खूब सारा आटा ले आया और उसे कागज़ में ही बाँधने का असफल प्रयास करने लगा कि वो बोली, "कोई बात नहीं बाबूजी मैं ऐसे ही ले जाऊँगी," आटा लिए वो चल दी, कुछ ही दूर चली होगी कि मैंने फिर से आवाज़ दी, "सुनो।"

सिर झुकाये वो मेरे सामने आकर खड़ी हो गयी मैंने निर्विकार रूप से पूछा, "तुम्हें कैसे पता लगा कि मैं खाना स्वयं बनता हूँ।"

मेरे इस प्रश्न पर मानों वो हँसी हो। "बाबूजी एक दीवार के उस पार चिमनी से उड़ता धुआँ क्या हम नहीं देख सकते।" इतनी कहकर वो तेज कदम बढ़ाकर चली गयी।

उसके जाने के बाद मुझे बड़ा आश्चर्य हुआ कि एक मामूली ट्रक ड्राइवर की औरत ऐसी सूझभरी बातें कैसे करती है। सरदारनी कहलाने के बावजूद उसकी भाषा में पंजाबी का जरा भी पुट नहीं है। बहुत सारे रहस्यों ने मुझे घेर लिया फिर जैसे मैंने ठान लिया कि अब उससे पूछकर ही रहूँगा।

किस तरह पंद्रह दिन बीत गये कुछ मालूम भी न चला इस बीच मेरी कोई भी मुलाकात उससे न हुई। यदाकदा निर्धनता की मार सहते थे बच्चे मुझे सड़क पर दिखाई दे जाते थे।

उस दिन बारिश हो रही थी। मैं कुछ ऑफिस के काम से सर्वे करने पास के एक गाँव में गया था, काम निबटाकर बस के इंतजार में मैं सड़क पर खड़ा था पर एक घण्टे से कोई भी बस नहीं गुजरी थी। मैं चिन्तित-सा टहल रहा था। टहल-टहल कर जब पैर भी थक गये तो अपना बैग रखकर मैं एक टीले पर बैठ गया।

अप्रत्याशित रूप से सामान से लदा एक ट्रक मेरे पास आकर रुक गया उसमें से मेरे पड़ोसी सरदारजी ने झाँका और मुझे देखते ही हर्ष-उल्लास से भरे चिल्लाये, "अरे ओ पापे सादी ट्रक किस वास्ते है तुसी इदरे ही बैठ जाओ कोई गल नहीं।"

मैं दूसरी ओर से दरवाज़ा खोलकर बैठ गया पर यह क्या मैं चौंक गया। सरदारजी की बगल में एक औरत बैठी थी। इससे पहले मैं कुछ पूछता सरदारजी बोले, "ये हमारी सोनिया है तुसी पैरो नू मत बोलना।" इस बात पर वो स्त्री तुनक पड़ी, "क्यों, डरते अपनी बीवी से?"

"नहीं, नहीं भागवान मैं तो ऐसे ही कह रहा था।" सरदारजी सँभले।

"तो फिर मैं आज तुम्हारे घर चलूँगी।" स्त्री अधिकारपूर्ण स्वर में बोली, फिर सरदारजी मुझसे ही इधर-उधर की बातें करते रहे। ट्रांसपोर्ट कम्पनी आने वाली थी। पहले चौराहे पर मैं उतर गया बड़े पेशोपश में मैं फँस गया एक नारी ममता की मूर्ति कष्ट सहने पर भी पति को चाहने वाली और दूसरी ओर यह पति? मैं आगे न सोच सका।

उस रात वह औरत सरदारजी के साथ आयी। सरदारनी बेचारी शायद खाना पका रही थी। शराब में डूबे सरदारजी ने भद्दी गालियों से उसका स्वागत किया। मैं फिर न जाने किस अज्ञात प्रेरणा से झाँकने लगा। एक जल्लाद के समान सरदारजी जब अपनी पत्नी पर झपटे और बाल पकड़कर घसीटते हुए उस तथाकथित सोनिया के पास लाकर पटक दिया। "सुअर की औलाद ये है तेरी नयी मालकिन चल पैर छू" और फिर सरदारनी में न जाने कहाँ से इतनी फुर्ती आयी कि वो उस औरत पर झपट पड़ी और मारने लगी। उसके कपड़े नोचने लगी। दोनों गुथ्थम-गुथ्था हो इससे पहले सरदारजी पैरो के बाल पकड़कर ज़ोर से धक्का देते और वो दीवार से टकराती। मैं अदम्य साहस से उनके घर में कूद गया और अनजाने ही पैरो को बचा लिया।

सरदारजी इस अप्रत्याशित बचाव के लिए तैयार न थे। मेरी तरफ उन्होंने देखा और कुछ अपशब्द वे कहते मैं गरज उठा, "सरदारजी यह क्या बदतमीजी मचा रखी है!"

"हाँ! हाँ! तेरे को क्या है। हमारी लुगाई है चोरी और सीनाजोरी हमारे घर में तुसी कैसे आ गये। हम बाहर रहते हैं इसका मतलब यह नहीं कि हमारी इज़्ज़त पर..?" और इससे आगे वो कुछ कहता इसके पहले सरदारनी फूट पड़ी "चुप हो जाओ भगवान के लिए बाबू बड़ा भला आदमी है।"

"हाँ! हाँ! मैं सब जानता हूँ खून कर दूंगा तुम सब का। चलो सोनिया चलें।"

सरदार जी चला गया और उसके शब्द जैसे मेरे कानों में गर्म सीसा-सा घोल गये। मैं इस घर का विनाश न देख पा रहा था। विवश था आज मानों पैरो आपे में नहीं थी। उसे रह-रहकर गुस्सा आ रहा था। जगह-जगह मार के निशान थे। मेरे ऊपर का अधूरा इल्जाम वो सहन नहीं कर पा रही थी।

मैं उसे समझाता रहा। न जाने क्यों उसके सिर पर हाथ फेरता रहा। अपनी बहन-सी छाया उसमें लगी।

"बाबू मैं आज बताती हूँ। मैं सरदारनी नहीं हूँ। मैं तो... कहते-कहते वह फफक उठी। मेरा नाम उर्मिला था, एक तहसीलदार की बेटी हूँ। एक सूखी वृक्ष की डाली थी। हँसती-खेलती एक बार मैं कालेज टूर पर गयी और वहाँ मैं अपनी साथियों से बिछुड़ गयी, सड़क पर मैं सहायता के लिए चिल्ला रही थी कि अचानक एक ट्रक रुका और मुझे उसमें बिठाकर एक सरदार ने दबोच लिया। शाम घिर आयी थी, मेरा पैशाचिक विवाह हुआ और फिर मेरे पास था ही क्या जो मैं घर लौटती। उस सरदार ने आश्वासन दिया कि उसका अपना ट्रक है, मकान है, वह मुझे रानी बनाकर रखेगा। साथ ही उसने न जाने कितने झूठ कहे, लेकिन मैं क्या कर सकती थी, मैं मजबूर थी। आज पंद्रह साल हो गये। मेरा पति कहलाने वाला यह वही सरदार है" फिर सिसकियों के बीच उसकी करुण गाथा मैं न सुन सका। बहुत कुछ उसने और भी बताया पर मैं कुछ न सुन पाया। हे भगवान क्या नियति है!

"पर बाबू आज मैं फैसला करके रहूँगी। इस जीवन से छुटकारा पाकर रहूँगी। मुझे जहर ला दो। मैं यह दुनिया ही खत्म कर दूँगी। ये भूख और गरीबी में बिलबिलाते बच्चे अब मैं सह नहीं सकती। आज उसने मेरे चरित्र पर लांछन लगाया। बस! बस! अब और नहीं सहा जाता मार सह-सहकर यह काया पत्थर हो गयी। परमेश्वर! यह किन गुनाहों की सजा है! पर हाँ आज इन सब गुनाहों से मुक्ति पा लूँगी। हाँ! हाँ! हाँ!" वो बहशियों की तरह हँसने लगी।

"हाँ मैं पागल हूँ मत मुझे उर्मिला कहो मैं पगली हूँ! मैं पगली हूँ!" वो चिल्लाती रही।

मैं अगले दिन ऑफिस गया पर मन न लगा बार-बार उसके खतरनाक इरादों को सोचकर काँप उठता। और जब ग्यारह बजे तक सरदारजी के घर पर सन्नाटा देखा तो ठनका जरूर कोई चक्कर है यह सोचकर मैंने झाँका सब लाइट बंद थी। मैं बिना सोचे-समझे सीधा पुलिस स्टेशन पहुँच गया और फिर जब दरवाज़ा तोड़ा गया तो जैसे मैंने पुलिस को बताया था वही हाल था। खाने के चारों ओर बैठा परिवार सरदारजी समेत लुढ़का पड़ा था। सब छटपटा रहे थे। अस्पताल में पाँचों बच्चों और सरदारजी को उस भयंकर विष के प्रकोप से डॉक्टर न बचा पाये। हाँ उर्मिला जरूर बच गयी पर बेचारी पागल हो गयी थी।

पुलिस की पूछताछ से मैं कई माह परेशान रहा। इस बीच मुकदमा चला। उर्मिला को पागलखाने भिजवा दिया गया था।

पागलखाने से छूटकर उर्मिला वापस आ गयी थी। इस घटना से मैं मानसिक रूप से असंतुलित-सा रहने लगा।

और यह था अतीत, और आज वर्तमान है कि बच्चों के ढेलों और पगली! पगली! की आवाज़ों से घिरी वह उर्मिला या पैरो या परविन्दर।

काफी कोशिश के बाद भी उसके माँ-बाप का पता लगाने में मैं असफल ही रहा। यदाकदा जब भी सड़क पर उर्मिला को पिटते देखता हूँ तो मैं रह नहीं पाता, न जाने क्यों? और हमेशा की तरह आज फिर माथा सहलाता मैं चल दिया।

उर्मिला! एक जलती हुई रस्सी जिसमें अभी तक बट है और राख झड़ रही है न जाने कब इसका अस्तित्व ही समाप्त हो जायेगा। रह जायेगी राख एक जलती हुई रस्सी की।

कुछ अपने कुछ पराये

स्कूल से लौटते समय रमेश बार-बार सोच रहा था आज खाना कैसे बनेगा? क्या बनेगा? यह सब सोच रहा था। माँ तो तबियत खराब होने के कारण काम पर न जा सकी होगी। ख्यालों में डूबा हुआ रमेश गोल मार्केट के कोलाहल पूर्ण वातावरण में से गुजर रहा था कि अचानक उसके दिमाग में तरकीब आयी और वह खुशी से झूम उठा। आज फिर माधव हलवाई का नौकर गायब था और चन्द-सा काम करके दो रूपये आसानी से मिल सकते थे। वह फौरन गया और माधव के कामों में हाथ बाँटने लगा। शाम को करीब सात बजे जब वह घर पंहुचा तो उसकी जेब में दो रूपये थे। माँ घर में ना थी। शायद ऊपर वालों के घर बर्तन मांजने गयी हो, उसे माँ की बीमारी की हालत में काम पर जाने का दुःख हुआ। कितना खयाल रखती है उसका। जब वह ऊपर गया तो माँ काम करके मालकिन से रूपये माँग रही थी। रमेश सहन न कर सका और वह माँ का हाथ पकड़कर उसे जबरदस्ती नीचे ले आया और बोला, "माँ तुम कितने कष्ट उठाती हो! बुखार से तुम्हारा बदन तप रहा है। मैं माधव चाचा का काम करके दो रूपये ले आया हूँ। तुम लेटो मैं अभी हकीमजी से दवा लाता हूँ।" यह कहकर रमेश हकीम के यहाँ चल दिया पर हकीमजी ने साफ मना कर दिया, बोले, "पहले पाँच रूपये लाओ तभी देखूँगा।" हारकर निराश रमेश सड़क पर चल दिया।

अचानक उसे एक सुरीली आवाज़ सुनाई पड़ी यह आवाज़ दीप्ति की थी। जो उसी की सहपाठी थी वह एक बहुत बड़े डॉक्टर की बेटी थी। रमेश गरीब होने के कारण उससे बात करते संकोच करता था पर उसके बुलाने पर वह गया दीप्ति बोली, "मैं देख चुकी हूँ। शायद तुम्हारे घर में कोई बीमार है व हकीमजी ने तुम्हें मना कर दिया, बताओ कौन बीमार है?"

पहले रमेश थोड़ा सकपकाया पर फिर साहस करके बोला, मेरी माँ।

तुम्हारे पिता क्या करते हैं? यह सुनकर रमेश की आँखों में आँसू आ गये। वह बोला, "मेरे पिता नहीं है। मैं व माँ घर में दो ही सदस्य हैं" इतना सुनकर दीप्ति ने कहा, "मेरे साथ आओ मेरा घर यहाँ से थोड़ी दूर है मेरे पिता डॉक्टर हैं शायद मैं तुम्हारी सहायता कर सकूँ।"

रमेश दीप्ति के पीछे-पीछे चल दिया। दीप्ति रमेश को लेकर

एक आलिशान मकान में पहुंची जहाँ की चकाचौंध कर देने वाली रोशनियाँ व सजावट को देखकर रमेश हतप्रभ रह गया। थोड़ी ही देर में डॉ. पाठक आये और रमेश से उसके घर का पता पूछकर कहा, "चलो मैं चलता हूँ।"

गाड़ी निकलने के कुछ देर बाद ही रमेश के टूटे-फूटे घर के सामने आकर डॉ. पाठक की गाड़ी रुकी और डॉ. पाठक व रमेश भी गाड़ी से उतरे। डॉ. पाठक ने रमेश की माँ को देखकर गोली दी और कल दवा ले जाने को कहा। दीप्ति ने जाते समय रमेश को टा-टा किया, तो रमेश को उसमें से भी एक अनजानी सहानुभूति दिखाई पड़ी।

रातभर चटाई पर लेटा वह सोचता रहा कि अचानक इतने अमीर पिता की पुत्री को क्यों उस पर दया आयी। रमेश कक्षा का सबसे होशियार लड़का था। पर गरीब होने के कारण वह स्कूल में भी सबसे अलग रहना पसंद करता था ताकि कोई उसकी गरीबी का मज़ाक न उड़ाने पाये।

आज इण्टरवल में दीप्ति रमेश के पास आयी और माँ की तबियत के बारे में पूछा और फिर इधर-उधर की बातचीत चल पड़ी। रमेश को न चाहते हुए भी बोलना पड़ा।

दीप्ति के रमेश से बोलने पर आज सारी कक्षा में खलबली थी। लड़के तरह-तरह से रमेश को चिढ़ा रहे थे कोई कह रहा था कि "शायद दीप्ति के यहाँ बर्तन धोता है तभी दीप्ति बर्तन ठीक से न धोने पर डांट रही होगी।"

यह सब सुनकर रमेश को अपनी गरीबी पर बड़ा दुःख हुआ व वह मन मसोस कर रह गया और छुट्टी में दीप्ति से बोला, "दीप्ति जी आप एक अमीर पिता की पुत्री हैं मैं एक गरीब विधवा का पुत्र अतः आप मुझसे न बोला करें।"

"क्या गरीबों का दिल नहीं होता? वे इंसान नहीं होते? तुम एक विद्यार्थी हो और मैं भी, यहाँ सब बराबर है। कोई छोटा-बड़ा नहीं समझते।" दीप्ति ने उत्तर दिया।

रमेश आगे कुछ न कह सका घर आकर उसने माँ से पूरा हाल कहा माँ बोली, "बेटा हमारे ऊपर डॉक्टर साहब के बहुत अहसान है। उनकी दया से ही मैं ठीक हो पायी हूँ और उन्होंने एक भी पैसा नहीं लिया। हम उनके कर्जदार है। तुझसे उनका जो भी काम बन पड़े करना दुनिया के कहने को नहीं सोचना चाहिए।"

रमेश अब दीप्ति को गणित व अन्य विषय समझाया करता क्योंकि वह पढ़ाई में कमजोर थी। दीप्ति भी रमेश से काफी प्रभावित

थी क्योंकि वह एक प्रतिभाशाली बुद्धिमान लड़का था धीरे-धीरे दीप्ति व रमेश काफी घनिष्ठ मित्र बन गये। डॉक्टर साहब भी जानते थे कि रमेश व दीप्ति में काफी मित्रता है। वह उसकी ज्ञानभरी बातों से प्रभावित थे।

एक दिन वह भी आया, जब दीप्ति व रमेश की शादी की बात तय हो गयी। रमेश इस समय अपनी मेहनत व लगन से एक बैंक में मैनेजर था। पर यह क्या सगाई के बाद ही रमेश की माँ को यह पता लगता है कि डॉ. पाठक और कोई नहीं वही डॉक्टर हैं जिनकी गलत दवाइयाँ देने और ऑपरेशन कर देने के कारण उसके पति की मृत्यु हुई थी।

माँ इस गहरे सच को हृदय में न रख सकी और रमेश से कह दिया कि "बेटे तेरी माँ के सिंदूर को इसी डॉ. पाठक ने उजाड़ा था।"

आज रमेश बहुत बड़ी उलझन में था एक ओर अपने प्रेम का बलिदान और दूसरी ओर पिता के हत्यारे से बदला। आखिरकार पिता के खून का बदला लेना ही उसने कर्तव्य समझा डॉ. पाठक के पास जाकर सब हालात कहे और कहा कि "इस स्थिति में मैं आपकी बेटी से विवाह नहीं कर सकता।"

"बेटी दीप्ति सुनेगी तो उसका क्या हाल होगा। मैंने पाप किया था उसकी सजा मेरी बेटी को मत देना। मैं तुम्हारे पैर पड़ता हूँ बेटी दीप्ति यह खबर सहन न कर सकेगी।"

"मैं कुछ भी करने में असमर्थ हूँ, रमेश बोला।

आज शाम डॉ. पाठक रमेश की माँ के पास आये और उनसे क्षमा माँगी और बोले, "मैं आपका अपराधी हूँ। इसकी सजा आप जो चाहें मुझे दे पर मेरी बेटी को उस पाप से दूर रखें जो उसने नहीं किया। मैं आपसे विनती करता हूँ।"

रमेश की माँ का दिल भी पसीज गया और उन्होंने दीप्ति को अपनी बहू बनाना स्वीकार कर लिया।

आज क्षमा के महत्व को रमेश समझ रहा था और सोच रहा था कि क्षमा कितनी बड़ी चीज है जो अपराधी के अपराध को दूर कर देती है।

एक मासूम शरारत

आज सुबह से गोपी का मन उदास-सा था, सारी पीठ दर्द कर रही थी। उसे याद आया कि रात को वह एस्प्रो खाकर सोया था पर पता नहीं कैसा दर्द हो रहा था जो छूटता ही नहीं।

"अरे गोपी... अब उठेगा भी या लेटा ही रहेगा, चल उठ नाश्ता लग गया है।"

रसोई में से माँ ने आवाज़ दी।

"मुझे भूख नहीं है।" गोपी की दबी सी आवाज़ आती है पर माँ कहाँ मानने वाली थी फौरन आयी और बोली," चल उठ सुबह से कुछ नहीं खाया तूने। फिकर न कर तेरे पिताजी न जाने गुस्से में क्यों रहते है। लड़के ने गलती की थी तभी समझा सकते थे, पर उन्हें तो मार के सिवा कुछ नहीं आता, तू क्यों दिल छोटा करता है। सब ठीक हो जायेगा।"

माँ की प्यारी बातें सुनकर भी गोपी का मन खिन्न रहता है और फिर वह तकिये में मुँह गड़ाकर सोने का अभिनय करता है।

आज एक-एक कर सारी घटनाएँ उसके दिमाग में आ रही थी। न जाने कल ही मुझे क्या सूझी थी जो बटुए को पैंट में ही छोड़ दिया, और फिर पिताजी को ही क्या ज़रूरत आ पड़ी हो मेरी पैंट टटोली क्या हाथ मारा था, पूरे सौ का था, और कल तो ज्यादा भागना भी नहीं पड़ा, क्या किस्मत रही इस समय तो मयंक के साथ कैफे में बैठे होते, आह? क्या आनंद आता और फिर नावेल्टी में पिक्चर! सब प्रोग्राम ही बिगड़ गया, मार-पीटी सो अलग रह-रहकर यह विचार उसके दिमाग में कौंध रहे थे।

यस डॉ. शर्मा का इकलौता बेटा गोपी ही था जिसकी इस पाकेटमारी की खबर ने सारे घर में तहलका मचा दिया था। डॉ. शर्मा ने गोपी को मारा अवश्य था, पर पूरी तरह से संतुष्ट न थे और गोपी को ठीक राह पर लाने के लिए उनका मन परेशान था। आज वे क्लीनिक पर भी इसी कारण न जा सके थे। सारा शहर उन्हें जानता था, अगर पकड़ा जाता तो बस इससे आगे वह न सोच सके और सिर पकड़ मेज पर टिक गये।

"अरे गोपी कहो यार क्या हाल है? सुना है कल बड़ा तगड़ा हाथ मारा था।"

चौराहे पर खड़ा मयंक कहता है।

"जाने दो यार, अब तो मैं यह सब न करूँगा कल पिताजी को पता चल गया और साथ में मार भी पड़ी।" यह गोपी का स्वर था।

"वाह प्यारे, बड़े कारनामे वालों में से थे तुम, बस जरा से में ही घबरा गये यहाँ देखो, मत चूके पहलवान वाला हिसाब है।"

"नहीं-नहीं बस करो मैं बर्बाद हो जाऊँगा।"

वाह भाई वह क्या बात कही है, अरे यार हेमामालिनी की पिक्चर और रिव्ज में डिनर, सोचो! जरा-सी मार की इससे क्या तुलना है, प्रिन्स में राजेश खन्ना की नयी पिक्चर लगी है। चलो चलते हैं? मेल के आने का समय है।

"भई कह दिया न मैं नहीं जाऊंगा।"

"अरे यार, मैं कब कहता हूँ कि चलो, पर यह बताये देता हूँ कि पिक्चर देखने और रेस्टोरेंट में बैठने के लिए जेब में बटुआ होना चाहिए और वह भी भरा हुआ, हाँ नोटों से। सोच लो मैं तो चलता हूँ तुम चलना चाहो तो चलो, और फिर तेरी अंगुलियाँ तो बस माहिर हैं उस्ताद माल खिंचा चला आता है।"

"यार मन तो नहीं कर रहा पर तू कहता है तो चलता हूँ, पर डर है कहीं पिताजी न मिल जायें।"

"अरे तू बेफिकर रह।"

यह कहकर मयंक गोपी को साथ लेकर चल देता है।

मयंक के पिता की इसी शहर में एक पान की दुकान है और वह उनकी सातवीं संतान है।

गाड़ियों की गड़गड़ाहट और चाय-पकौड़ी वालों की आवाज़ों से प्लेटफार्म गूंज रहा है। लोग मेल के आने का इंतजार कर रहे हैं कुछ लोग तो पटरियों पर ही ताक लगाए हुए हैं। सारे वातावरण में बेताबी व्याप्त है। एक अजीब हलचल-सी मची हुई है।

इसी शोरगुल के वातावरण में मयंक और गोपी को भी किसी बात का इंतजार है।

धड़धडाती मेल ट्रेन आती है और प्लेटफार्म पर धक्का-मुक्की और भागदौड़ मच जाती है सभी जल्दीबाजी में हैं। और इसी सब में एक अजीब-सी उत्सुकता मयंक और गोपी के दिलों में भी है। भीड़ के मारे हाथ को हाथ नहीं सूझ रहा है।

"कहो कुछ हाथ लगा," गोपी मयंक से पूछता है "नहीं!" के साथ ही दोनों अलग हो जाते हैं और अपने-अपने आसामी खोजते हैं।

कुछ समय बाद दोनों प्लेटफॉर्म के बाहर मिलते हैं, वे काफी खुश नज़र आ रहे हैं। मानों कोई किला फतह कर लिया है।

"यार इस बटुए में तो किसी आदमी के 49 रूपये और बिलों का बण्डल है, जिनका भुगतान आज की ही तारीख में होना है। क्या बीत रही होगी बेचारे के ऊपर।" गोपी धीमे स्वर में मयंक से कहता है।

"अरे छोड़ो यार ऐसे बेचारों के मारे ही तो हम तैयार खड़े हैं। बिल फाड़कर रूपये जेब में रखो, चलो अब चलते हैं। मेरी जेब भी भारी है।"

"अरे यह क्या! यह सिपाही तो हमारी ओर आ रहा है। मयंक की कँपकँपी छूटती है। वह भागने की कोशिश करता है पर सिपाही उसको पकड़ लेते है परन्तु गोपी भागने में सफल हो जाता है।

पसीने में तर गोपी घर की गली में पहुँचता ही है कि उसके सामने सी.डी. इंस्पेक्टर भट्ट नज़र आते हैं।

गोपी को पता है कि मि. भट्‌ट उसके पिता के अच्छे मित्र है। गोपी का चेहरा स्वयं उसे अपराधी घोषित कर रहा था, साथ ही चेहरे पर घबराहट बढ़ती ही जा रही थी। अचानक मि. भट्‌ट गोपी से कहते हैं, "गोपी अपने आप को मेरे हवाले कर दो मैं तुमको पॉकेटमारी के अपराध में गिरफ्तार करता हूँ। लाओ बटुआ कहाँ है।" यह कहकर मि. भट्‌ट गोपी का हाथ पकड़ उसके घर की ओर बढ़ते हैं (बटुआ पहले ही उनकी जेब में पहुँच चुका है)

डॉ. शर्मा को मि. भट्‌ट बताते हैं कि किस तरह गोपी के साथी मयंक को पकड़ा गया है और पॉकेमाटी का अभियोग लगाया गया है।

"भाई भट्‌ट जरा तो दया खाओ मैं बदनाम हो जाऊँगा।" डॉ. शर्मा की आँखों से आँसू छलक आये।

"यह कानून है डॉ. साहब, यहाँ मनुष्य के आँसुओं की कोई कीमत नहीं है है।"

मि. भट्‌ट ने दबी आवाज़ में कहा।

अचानक गोपी डॉ. शर्मा के पैरों पर गिर पड़ता है, उसके सामने बड़े-बड़े चित्र नाच रहे हैं। जो कल अखबार में छपेंगे की डॉ. शर्मा का पुत्र जेबकतरा...

"पिताजी मुझे माफ कर दो, मैं भटक गया था अंकल मैं आपके पैरों मैं पड़ता हूँ मेरे पिता की इज्जत को बचा लो, मैं कसम

खाता हूँ कि आइन्दा कभी ऐसी बात का विचार तक न करूँगा।" और यह कहकर गोपी जमीं पर पड़ा सुबकता रहता है मानों सच्चे प्रायश्चित का सबूत दे रहा हो।

आज डॉ. शर्मा के घर में चहल-पहल थी। क्योंकि आज गोपी की 15 वी सालगिरह थी। अब गोपी कक्षा में प्रथम आने वाले किशोरों में से था।

अचानक गोपी सुनता है कि एकान्त में उसके पिता मि. भट्ट से कह रहे हैं, "भई भट्ट बाबू आपको किस तरह धन्यवाद दूँ कि आपने मेरे बेटे की अपनी योजना द्वारा उन गंदली राहों से बचा लिया। किस तरह आपके भाई साहब ने उस दिन अपनी जेब जान-बूझकर कटवाई और उस बदमाश मयंक को मारपीट कर छोड़ा, मैं तो बच गया भाई। अपने पिता के यह शब्द सुनकर आज गोपी को अपने प्रति किये गए नाटक का आभास भी नहीं हुआ वरन उसको अपने अंदर एक हल्कापन-सा महसूस हुआ।

आज वह खुश था क्योंकि आज ही एक गंदला बोझ उसके सिर से हट गया था।

उम्र की दहलीजों को पार करते

किट-किट-किट..., टप-टप-टप...,

टाइपराइटर पर पड़ती मानव अंगुलियाँ एक यांत्रिक-सा वातावरण प्रस्तुत कर रहीं थी। फाइलों की उठापटक बाबुओं की झिड़कियाँ, अफसरों की डांट, चपरासियों की गपशप सब बातें मिलकर आम दफ्तर होने का सबूत पेश कर रहीं थी।

घड़ी ने दस बजकर दो मिनट बजाए कि मेन गेट को ढकेलते हुए एक हाथ में बैग व कुछ फाइलों और उसी में उँगलियों में फँसा छोटा-सा बॉक्स, बस की थकान से लड़े बूढ़े व्यक्ति ने अपनी अनगिनत झुर्रियों से भरे चेहरे पर आयी पसीने की बूँदों को एक अँगुली से पोंछ दिया और तेज कदमों से सीट की ओर बढ़ा।

"लो भाई बुढ़ऊ आ गये। चलो अपनी-अपनी सीट पर।" एक अजीब-सी खलबली बाबुओं में मच गयी बूढ़े व्यक्ति ने जेब से पुराना मरम्मत किया हुआ चश्मा निकाला और फाइलों पर झुक गया। ये बूढ़े व्यक्ति और कोई नहीं इस दफ्तर के बड़े बाबू हैं जिन्हें मेहराबाबू के नाम से जाना जाता है।

फाइलों से जूझते मेहराबाबू के हाथ व आँखें इस तालमेल से काम कर रही हैं मानों एक ऑटोमैटिक मशीन हो। समय के थपेड़ों से पिटा यह बुदबुदा चेहरा और हाथ की कोहनी पड़ा कुर्सी पर गहरा निशान बता रहा था कि मेहराबाब पिछले तीस-पैंतीस वर्षों से उस पर बैठते रहे हैं। जब प्रमोशन पाकर बड़े बाबू बने तो भी कुर्सी यूँ ही रखी थी। इस कुर्सी से बहुत प्रेम था उन्हें। मेहराबाबू पर मैनेजर की विशेष कृपा दृष्टि थी। इसका कारण मेहराबाबू की चापलूसी या उनकी कर्तव्यनिष्ठा थी यह कोई न समझ पाया।

उम्र पकने को आयी पर अभी जिम्मेदारियों ने पीछा नहीं छोड़ा था। बड़ा लड़का अभी बी. कॉम फाइनल में था। दो छोटी लड़कियाँ थी और एक लड़का हाई स्कूल में था। रिटायरमेंट के दिन पास आते जा रहे थे पर अपने बॉस के आश्वासन पर टिके मेहराबाब कुछ थोड़े से विचलित थे। लड़के को साइंस छुड़वाकर कॉमर्स भी उन्होंने केवल इसलिए दिलवाई थी कि साहब ने वादा किया था उसे फर्म में नौकरी दे देंगे। गृहस्थी की गाड़ी मेहराबाबू जैसे-तैसे पार लगा ही रहे थे। जहाँ कुछ फुरसत मिली बस मेहराबाबू की आँखें शून्य में ताकने लगती थी। व्यक्ति से सोचते रहते, शायद अपना भविष्य, साहब का वादा, या लड़कियों की शादी। अपने यही सब कुछ विचारों में मग्न मेहराबाबू ने अपने जीवन काल में न कोई

बहुत जिगरी दोस्त बनाया था या बना नहीं पाए अपने रिजर्व नेचर के कारण। लंच टाइम, टी आवर में गप्पे मारना उनकी आदत न थी।

फाइलों को करीने से लगाते मेहराबाबू कभी-कभी दफ्तर पर नज़र मार लेते। गप्पे होती देख लेते पर कुछ कहने का साहस अब नौकरी के आखिरी साल में जुटा न पाते।

"मेहराबाबू बड़े साहब बुला रहे हैं।" चपरासी की आवाज़ से तन्द्रा भंग हुई और अपने को सँभालते मेहराबाबू उठे।

"आइये... आइये मेहराबाबू। कहिये क्या हाल है।" बड़े साहब का चिर-परिचित स्वागत बूढ़े मानव को एक गुप्त ऊर्जा दे गया।

"सब कृपा है सरकार की" अस्फुट स्वर निकले।

"अब तो जिम्मेदारियाँ से निबट रहे हैं। अब बस कुछ माह शेष हैं आपकी रिटायरमेंट के। कहिये क्या सोचा है, क्या करेंगे?"

"ऐसा नहीं है सर, जिम्मेदारियाँ तो अभी शुरू ही हुई हैं। कुछ नहीं कर पाया हूँ। सुरेश का फाइनल है, वो लग जाता तो कुछ...।

"हाँ-हाँ मेहराबाबू। आप चिंता न करे, वो मेरे ऊपर छोड़ दें। लड़का होनहार है और दफ्तर का भी आपके प्रति कर्तव्य है।"

"बस सरकार की बड़ी मेहरबानी होगी। भगवन आप जैसे अफसर सबको दें।" मेहराबाबू कृतज्ञता के बोझ से दब गये।

"यार ये बुढ़ऊ, बड़े साहब से क्या गुपचुप करता रहता है। हर समय बिना फाइल, केबिन में देख लो।"

अरे बेचारा चापलूस, पैर दबाता होगा या अपने लड़के का जुगाड़ फिट कर रहा होगा बेचारा मेहराबाबू।"

सारे दफ्तर का क्रेन्द्रबिंदु बने बड़े बाबू अपने बारे में लोगों की धारणाओं से अलग अपनी दुनिया में खोये रहते। सारी सर्विस में शायद ही कभी काम में कोई चूक हुई थी उनसे। सच्चाई और ईमानदारी के कारण स्टाफ के अधीनस्थ कर्मचारी जरा कुछ नाखुश रहते मेहराबाबू से। पर इन सबसे बेपरबाह थे वे।

आज एक अजीब-सा शोर मचा दफ्तर में मैनेजमेंट द्वारा बड़े साहब मिश्रा जी...

इसके आगे वे बोल न सके। आँखों में आँसू बह निकले। अभी तो उनके पाँच साल बाकी थे।

"हाँ, बाबूजी सुना तो है कि किसी बिल के चक्कर में उनको

कंपलसरी रिटायर किया जा रहा है। हाँ, कन्फर्म तो मिश्राजी के आने पर ही पता लग सकता है या फिर नोटिस आएगी।"

दोनों हाथों से सिर को थामे मेहराबाबू के आगे सारी दुनिया घूम गयी। सुरेश। बी. कॉम! क्या होगा जब एक हितैषी ही जा रहा है। नहीं नहीं यह गलत है, चौक कर उठे मेहराबाबू। तेज कदमों से कन्ट्रोल रूम में गये। रजिस्टर में देखा तो मिश्राजी के नाम के आगे आज की तारीख में "आन लीव" लिखा था। दिल को तसल्ली-सी देते फिर कुर्सी पर लौट आये।

आज सारा दिन ऑफिस में पाया। चारों ओर, जोर-शोर से बहसें थी। मिश्राजी के बारे में क्या होगा? क्या आर्डर हुए? कुछ खबर न थी।

थके बुझे से मेहराबाबू ने कोट उतरा। सारा घर उन्हें मासूमियत की तस्वीर लगा। पत्नी को वे बता ही चुके थे। पर एक तसल्ली थी कि शायद यह झूठ ही हो पर यह अफवाह सच के पक्ष में अधिक थी। मैनेजमेंट में कुछ बेईमान लोग आ गये थे। सारा काम अब उल्टा ही हो रहा था। नियुक्तियों से लेकर बिल, टेण्डर तक हर-एक में उन्हें घपला नज़र आता था। पुराने स्टाफ के तो अब कोई दो-चार आदमी ही पदाधिकारी थे।

सुरेश कॉलेज से लौटा। घर पर सब कुछ अजीब-सा लगा। पिता को एक ओर करवट लिए देखा। सब अलग-अलग गमगीन पर वह कुछ पूछ न पाया। शायद दफ्तर में किसी अफसर की डांट पड़ गयी होगी। यह सोचकर सुरेश ने भी कुछ बात करना ठीक न समझा।

इधर मेहराबाबू पेशोपेश में पड़े थे। लड़के को बता दें कि अब उसको लगाने वाला ही न रहा दफ्तर में, तेरा बी. कॉम... फिर उन्हें उचित न जान पड़ा। चुपचाप अतीत की धुंधली तस्वीरों को देखते रहे मेहराबाबू जब उन्होंने यह दफ्तर ज्वाइन किया था। एक छोटा-सा दफ्तर था, थोड़े कर्मचारी, अच्छा स्टाफ, मेहनत पसंद ईमानदार अफसर और काम करने की लगन, सभी गुण थे दफ्तर के कर्मचारियों में।

आजादी से पहले की बात है, बड़ा अच्छा एडमिनिस्ट्रेशन था मैनेजमेंट स्टाफ के सभी अफसर बड़े ईमानदार थे। फिर समय पर अफसरों की अनुकम्पा से मिलते बोनस व अन्य अलाउन्स, साथ में ओवर टाइम भी, बड़े मजे की नौकरी थी। मेहराबाबू जितना अतीत में जानते उतना ही उनके दिल में नश्तर-सा चलता।

मिश्राजी की जुदाई मानों एक पहाड़ बनकर खड़ी हो गयी

थी। उनके सभी रिटायर साथियों के लड़के लग गये थे। मानों दफ्तर की परम्परा थी। अब मेरी ही बारी में क्या हाने जा रहा है? कल क्या आर्डर आएगा? सुरेश का क्या होगा? क्या मिश्राजी की ईमानदारी का यही फल उन्हें मिलना था? कैसे आगामी कुछ माह पूरे करूँगा नया अफसर? उसका मिजाज? उसका व्यवहार? इन सब प्रश्नचिह्नों से घिरे उन्हें रातभर नींद नहीं आयी। उनकी आँखें कल के नोटिस बोर्ड पर कुछ ढूँढ रही थी न जाने क्या?

घर से ऑफिस तक बस में भी मेहराबाबू अपने आपको मानसिक रूप से एकाग्र नहीं कर पाए थे। बस एक ही विनती अपने इष्टदेव से करते रहे, मिश्रा साहब का रिटायरमेंट न हो।

पर हुआ वही जिसका सबको एहसास था। बड़े टाइप में अंग्रेजी में लिखे उस नोटिस का आशय था कि कुछ अनपेक्षित कारण ों से मिश्रा साहब को फर्म से रिटायर कर दिया गया है। साथ ही मैनेजर के पद के लिए अमेरिका से एम. बी. ए. करके आये मि. एम. सी. मल्होत्रा की नियुक्ति की सूचना भी लिखी थी।

अपनी कुर्सी पर बैठे मेहराबाबू अपने आपको व्यवस्थित नहीं कर पाये थे। अब भविष्य उनको अंधकारमय नज़र आ रहा था। सब ओर दफ्तर में जोर-शोर से गपशप चल रही थी। नये मैनेजर के बारे में सब अपने विचार रख रहे थे।

और एक दिन आया जब दफ्तर में एक नयी चमचमाती नेम प्लेट मैनेजर के कैबिन पर लग गयी।

एम. सी. मल्होत्रा, एम. बी. ए. (अमेरिका)

कब मिश्रा साहब गये, न कोई फेयरवेल ही हुआ उनका। किसी ने उनको देखा भी नहीं। शायद सारी कागज़ी कार्यवाही उन्होंने हेडकवार्टर से ही पूरी करा ली थी।

"मे आई कम इन सर।"

"यस कम इन।"

मेहराबाबू की बूढ़ी आँखों ने मुँह में सिगार दबाये अपने युवा बॉस को परखा, और फाइलों को मेज पर रख दिया।

"वो जरा चावला ट्रांसपोर्ट की फाइल निकालिये"

"ये लीजिये सर।"

"हूँ, तो आप यहाँ के बड़े बाबू हैं। काफी सर्विस हो गयी है न आपकी।"

सिगार को हाथ में लिए मल्होत्रा साहब ने मेहराबाबू की

ओर प्रश्न-सूचक दृष्टि से देखा।

"बस सर कुछ ही माह बाद रिटायर हो रहा हूँ।"

"पर काम वही थर्ड क्लास, ये आपने एक्सप्लेनेशन पढ़ा भी था या आँख मींच कर नोट लिखा दिया, बी केयरफुल, अदरवाइज!"

और एक झटके के साथ फेंकी फाइल मेहराबाबू के पैरों में आ गिरी।

आँखों में भर आये आँसुओं को दबाते हुए एक सकपकाती आवाज़, "सॉरी सर, आईन्दा गलती नहीं होगी" के साथ ही लड़खड़ाते कदमों से मेहराबाबू आकर अपनी सीट पर जा टिके। रुलाई आ रही थी पर यह कर्मठ मन रोने की आज्ञा नहीं दे रहा था। नोट उन्होंने ठीक ही लिखा था पर क्या गलती थी। यह पूछने का साहस नहीं था।

सारे दफ्तर में बाबुओं की दबी हँसी और टोंटे उनके कानों में पड़कर भी मानों सुनाई नहीं दे रहे थे। मेहराबाबू को अपनी चिंता न थी। वे छुट्टी भी ले सकते थे पर अपने बेटे सुरेश की चिन्ता उन्हें खाये जा रही थी। कितनी लगन से नौकरी पाने की पूरी उम्मीद होने पर उसने बी. काम. में प्रवेश लिया था।

अब मानों मैनेजर की झिड़कियाँ और काम में कुछ न कुछ कमी निकालना मेहराबाबू के सामने रोज का ही काम हो गया था। कोई न समझ पा रहा था कि यह सब क्या है। इतने ज्यादा मेहनती और होशियार मेहराबाबू और फिर ये सब कुछ? कुछ लोग युवा का वृद्ध के प्रति एक आक्रोश कह रहे थे। जितने मुँह उतनी बातें। पर मेहराबाबू के लिए यह एक दुःखती रग हो गयी थी।

घर पर काफी सलाह-मशविरा किया। पत्नी ने बड़े सोच-विचार के बाद राय दी, "अफसर तो अफसर ही है। उसी के हाथ है सब कुछ। जरा दीनता से विनती से काम लो।" सब कुछ सुनकर भी अंदर ही अंदर मेहराबाबू घुटते रहे। ऐसे शुष्क युवक बॉस के सामने कैसे अपनी व्यथा कहते। रात-दिन सोचने पर कोई उपाय न दिखाई देता। फिर उनके अन्तः मन ने कहा कि अवसर की प्रतीक्षा करो। शायद बबूल पर अपने फूल न सही किसी परजीवी बेल के फूल ही खिल उठे।

और एक अवसर आ ही गया। बॉस की नयी-नयी शादी हुई। काफी लम्बी छुट्टियाँ बिताकर हनीमून से जब मि. मल्होत्रा लौटे तो कुछ प्रसन्न से थे। इसी मौके को उपयुक्त जानकर मेहराबाबू ने एक दिन चुना। जब दफ्तर में साहब की मेज पर फाइलें बहुत कम थी और लगभग वे खाली ही थे। थोड़ी-थोड़ी देर में घर पर फोन से मिसेज से बात कर लेते थे।

दबे कदमों से दिल पक्का करके आज पैंतीस साल की नौकरी का मुआवजा पाने की आशा से मेहराबाबू मैनेजर के केबिन की ओर मुड़े। एक अपराधी की भाँति चुपचाप हाथ बाँधे खड़े हो गये मेहराबाबू।

"सर आपसे कुछ कहना था।"

"ओह! बड़े बाबू, कहिये।" मल्होत्रा साहब ने अपने बालों की लट को सँभालते हुए देखा।

"वो सर मैं रिटायर होने वाला हूँ सर, मेरे छोटे-छोटे बच्चे हैं। पर अभी कुछ नहीं कर पाया हूँ।" हकलाती-सी आवाज़ मेहराबाबू की सारी करुणा और वर्षों से संजोये सपनों को लिए यह दारुण एक बूढ़े कर्मचारी की आवाज़, जिसकी सारी उम्र फाइलों पर झुके बीत गयी उस युवा बॉस को भी शायद दहला गयी।"

"क्या एक्सटेंनशन चाहते हैं", तो उसके लिए मजबूर हूँ क्योंकि फर्म की कुछ पॉलिसी ही ऐसी है और मिश्राजी का केस तो आपको मालूम ही है।"

"नो-नो सर। यह बात नहीं। वो मेरा लड़का है सर। बी. कॉम. सेकेण्ड डिवीजन। मिश्रा साहब ने वादा किया था उसे दफ्तर का सर। उसी के लिए।"

"नो-नो, यू मीन डायरेक्ट सिलेक्शन, दैट इज नॉट पॉसिबल।" शायद शुष्क मानव पर दया की बूँदे स्थिर न रह सकी और अंग्रेजी शब्दों में फिर शुष्कता उभर आयी।

"सर। मैंने पैंतीस साल इस दफ्तर के लिए मेहनत, लगन और ईमानदारी से काम किया। सर, क्या यह भी सिला नहीं मिलेगा। सर इस दफ्तर को अन्नदाता समझा। वहाँ मेरे पुत्र को मेरे कर्मों का प्रतिदान नहीं मिलेगा।" मेहराबाबू के शब्दों से विषाद उभर आया। अंदर ही अंदर बह रहा लावा मानों फूटकर बाहर निकलने के लिए बेताब हो रहा हो। वे उत्तेजित होने लगे।

"बी इन सेन्स, मि. महरा, यह ऑफिस है। भगवान का मंदिर नहीं। ये सेन्टीमेन्ट्स, आँसू, ये सब क्या है?"

"सर इतने निष्ठुर न बने। सर, मेरे बुढ़ापे का लिहाज करे। सर मैं आपके पाँव पड़ता हूँ।"

"ओ। नो-नो देखिये, मैं पहले ही देख रहा हूँ कि मिश्राजी ने कुछ कचरा, बेकार स्टाफ रिटायर्ड आदमियों के लड़कों से भर दिया है कोई मेरिट नहीं। सारा दफ्तर एक परिवार बना दिया। मैं आपके लिए अपनी पोजीशन खराब नहीं कर सकता। मेरा प्रिंसिपल है कि

एपाइंटमेण्ट सब मेरिट से होंगे। समझ गए आप? आपकी सर्विसेस के लिए सौ-दौ सौ रूपये का अवार्ड दे सकता हूँ।

"नहीं सर, सौ दौ सौ रूपये में मैं अपनी ईमानदारी की कीमत नहीं लगा सकता।"

मेहराबाबू ने थका-हारा जवाब दिया।

"ठीक है। ऑल राइट यू कैन गो एण्ड वर्क सिन्सएरली। मैं आइंदा यह रोना-पीटना पसंद नहीं करूँगा।"

"जाते-जाते कदम ठिठक गए मेहराबाबू के...'

"मल्होत्रा साहब, अभी यह बूढ़ा गिड़गिड़ाता रहा, विनती करता रहा। पर अब जब इस रेत से तेल नहीं निकलेगा तो बता दूँ कि अमेरिकी डिग्री से सिद्धांत जरूर कहने आ गये। आपको मेरिट और सिलेक्शन पता है, पर मैंने भी पैंतीस साल की नौकरी में बहुत देखा है। एक गरीब जब अपना हक माँगे तब इसे कुर्सी पर बैठे कागज़ी बड़े लोग सिफारिश कर देते हैं। कचरा, बेकार कर देते हैं, पर जब कुछ व्यवहारिक परिवर्तन के साथ वही ऊपर के लोगों में होता है, तब नाम देते हुए कतराते हैं। बोलिए एक थर्ड क्लास लड़का, पिता की सिफारिश व पैसे के बल पर विदेश से महँगी डिग्री ले आये व उच्च अफसरों की दोस्ती का फायदा उठाकर वह लड़का किसी फर्म में मैनेजर बन बैठे तब आप क्या कहेंगे? आश्चर्य न कीजिये। ये आपकी ही कहानी है और सच है। कहिये एक गरीब की विनती ठुकराने से पहले कभी अन्तर को टटोला है आपने?"

मल्होत्रा के पीले चेहरे को देखकर भी मेहराबाबू बोलते रहे। दिल का गुबार निकलते रहे। "कुछ परमेश्वर का भी न्याय है, इंसान के ही हाथ उसने सारे काम नहीं दे दिये है। समय आपका भी आएगा, मैं जाता हूँ।"

फिर एक दिन दफ्तर में खलबली मची थी। क्या मेहराबाबू छुट्टी गये हैं? दफ्तर के काम से बाहर गये हैं? या फिर मिश्राजी की तरह कम्पलसरी रिटायर कर दिए गये हैं।

गुपचुप आवाज़ें थी जो मल्होत्रा साहब के केबिन पर जाकर टकराकर लौट आती थीं।

एक कड़वा झूठ सच के करीब

मनोहर... मनोहर! प्लेटफार्म पर लोकल ट्रेन के शोर के बीच ये आवाज़ शायद कोई सुन नहीं पा रहा था। फिर भागते हुए गायकवाड़ ने नोहर को ट्रेन में चढ़ाने से पहले ही रोक लिया।

"अरे भई, क्यों जल्दी में हो, आज पिंगले साहब नहीं आयेंगे। थोड़ी भूख भी लगी है, चलो पानी-पूरी खाते हैं।" गायकवाड़ बोला।

और फिर दादर स्टेशन के बाहर दोनों मित्र पानी-पूरी का मजा लेते रहे।

आती-जाती लड़कियों को देखते हुए गायकवाड़ ने मनोहर से पूछा, "और तेरी नर्स का क्या हाल है? कभी मिलता भी हैं उससे? क्या नाम था उसका?"

गायकवाड़ एक ही साँस में तीन प्रश्न पूछ गया।

"पामिला! अभी मिलकर ही आ रहा हूँ यार, सात बज गये है, पिंगले साहब नहीं तो क्या हुआ, कल का अखबार तो निकालना ही है। बहुत सारे प्रूफ पड़े हैं। "मनोहर गायकवाड़ के कंधे पर हाथ रखकर बोला।

बम्बई की कभी थमती कभी होती बारिश के बीच दादर प्लेटफॉर्म पर खड़े गायकवाड़ ने मनोहर से कहा, "अरे बेवकूफ हम यहाँ फास्ट-ट्रेक पर क्यों खड़े हैं। दफ्तर ही जाना है ना, तो चलो सामने से स्लो लेते हैं।"

लोअर परेल की सँकरी-सी गली के घुमावदार मोड़ पार करते दोनों पूरी तरह भीग चुके थे। पिंगले साहब की गैरहाजिरी में चाय के दौर और बातों का सिलसिला कुछ लम्बा ही था।

"ले भई मनोहर, ये क्या करेक्शन किया है तूने, मुझे कुछ समझ नहीं आ रहा। फ्रन्ट पेज न्यूज है जरा ध्यान से पढ़। तेरे कॉमा, फुलस्टॉप तो दिखाई नहीं देते," परब ने कहा।

"अरे गायकवाड़ इसे बताओ दस साल हो गये है खाली-पीली नुक्स निकालना इसकी आदत बन गयी है।" मनोहर ने खिसियाते हुए कहा।

दस बजते-बजते कटिंग पेस्टिंग का काम भी लगभग पूरा हो गया। न्यूज इंचार्ज आकू ने फ्रन्ट पेज की एक गरमागरम खबर देकर सारी सेंटिग बिगाड़ दी।

काये को खाली–पीली में काम बढ़ाता है साला, सेकेंड पेज में जाती तो क्या नुकसान था। दो कटिंग मंगवा यार, सिगरेट भी खत्म हो गयी है और ये साला मनोहर तो लगा ही रहेगा अब। परब को साथ लेकर गायकवाड़ पिंगले साहब के खाली कमरे की ओर बढ़ गया।

"ग्यारह–दस की फास्ट पकड़नी है, चलो चर्च गेट ही चलते हैं शायद पामिला भी मिल जाये। उसको देर तक एक सर्जरी केस के लिए रुकना था।"

"यार मनोहर, तेरी खातिर साला उल्टा चलना पड़ रहा है, नहीं तो मुझे घर की स्लो तो यही से मिल जाती।"

"अबे चल गायकवाड़, साथ हो जायेगा यार चर्च गेट पर चाय पिलाऊँगा।"

"हाँ–हाँ क्यों नहीं, उसका इंतजार भी तो करेगा।"

"अरे नहीं यार, ग्यारह–दस की फास्ट लूँगा न, तू तो कोई भी स्लो लेकर निकल जायेगा।" मनोहर बोला।

डॉ. पुंडीर ऐप्रन के कपड़े से ही अपना चश्मा साफ करने लगे। "प्लीज टेक इट" पामिला ने टिशू पेपर पकड़ाया।

"पौने ग्यारह बज गये हैं, घर नहीं जाना है क्या? या रात में यही सोने का इरादा है।" पामिला की आँखों में झाँकते हुए डॉ. पुंडीर बोले।

"नहीं डॉक्टर ग्यारह–पंद्रह की फास्ट में भीड़ बहुत कम होती है फिर चर्नी रोड दूर ही कितना है।"

"आज बहुत थकी लग रही हो।"

"नहीं तो!" पामिला ने अपने गले में पड़े क्रॉस को अगुलियों में लिए हुए कहा।

डॉ. पुंडीर की नज़रे तो पामिला की तरह ही थी। और अब क्रॉस की बारी आयी।

"चर्च रोज आती हो?"

"हाँ क्यों?"

"नहीं ऐसे ही पूछा कौन–सा चर्च?"

"डान बास्को, क्यूँ पूछा?"

"ऐसे ही! बोरीवली वेस्ट में ना?"

"नेचुरली।"

"कभी मुझे ले चलोगी ना?"

"आई थिंक पेशेंट को वार्ड में ले जाना है।" पामिला लगभग डॉ. पुंडीर को काटते हुए बोली। सही मायने में उस यह पर्सनल बातें पसंद नहीं आ रही थी। खासतौर से जब कोई रिलिजन की बातें करता है तो उसे अच्छा नहीं लगता और फिर डॉ. पुंडीर की नज़रें पता नहीं क्यों, उनमें एक अजीब-सी कसक है। एक तड़प है शायद मेरे लिए, ऐसा कई बार पामिला ने महसूस किया।

बारिश बहुत तेज हो गयी थी इसलिए शायद प्लेटफॉर्म सूना लग रहा था। अभी ट्रेन आने में चार मिनट बाकी है फिर भी ग्यारह पंद्रह की फास्ट के लिए सभी की निगाहें चर्च गेट की ओर थीं।

खाली ट्रेन देखकर पामिला का एक बार मन होगा चलो आज लेडीज में नहीं, अकेले लेडीज कम्पार्टमेन्ट में डर लगता है इससे पहले की कुछ निश्चय करती उसकी दोनों आँखों पर पीछे से किसी ने हथेलियाँ रख दीं।

"माइ गौड मनोहर छोड़ो।"

"गौट सरप्राइज्ड टु सी मि हेयर?" मनोहर ने पामिला के दोनों कंधों को अपने हाथों से पकड़े हुए पूछा!

"ओह नो मेरी ट्रेन मिस करा दी, तुम्हारी वजह से फास्ट छोड़ दी है।"

चलो! थोड़ी देर मेरिन ड्राइव पर चलते हैं। बहुत दिनों से वहाँ घूमे नहीं।

"अभी शाम को पारला में एक घण्टा बाते करते रहे तो जी नहीं भरा।"

"अब 'गीता' रेस्टोरेंट में नहीं जायेंगे, कैसे घूर रहा था वो बैरा।"

"नेच्युरली! जब एक घंटा एक चाय पीने में लगाओगे तो यही होगा।"

"चलो चलते हैं।"

"नहीं बारिश हो रही है।"

"तो क्या हुआ, मैं भी तो भीग गया हूँ अब ज्यादा नहीं होगी।"

"बम्बई की बारिश का कोई भरोसा है?"

मेरिन ड्राइव पर सागर में लहरों की उठा-पटक देखते हुए

मुँडेर पर बैठे एक-दूसरे के आगोश में समाये, मनोहर और पामिला को एक घंटा से ज्यादा हो गया था। बारिश लगभग रुक गयी थी। रोड पर कारों का आना-जाना जारी था। मेरिन ड्राइव का क्वीन्स नेकलेस अपने पूरे शबाब पर था। एयर इण्डिया बिल्डिंग का घूमता हुआ 'सेंटर' सब बिल्डिंग से अपने को अलग कर रहा था।

फ्लाई ओवर से तेज गति से जाती हुई कार ने सड़क पर भरे पानी को इस कदर उछाला कि बौछार से पामिला और मनोहर भीग गए और उन्हें बरबस सड़क की ओर देखना पड़ा।

"साढ़े बारह बज गये अब तो कोई लोकल भी नहीं मिलेगी चलो चलते हैं।"

मनोहर ने एक बार फिर पामिला को अपनी बाँहों में जकड़ते हुए कहा।

"पता नहीं क्या बात है तुम में जब भी तुम्हें किस करता हूँ लगता है एक नयी लड़की को कर रहा हूँ।"

"वाट रबिश! मैं तो तंग आ गयी हूँ तुम्हारी सिगरेट की बदबू सहन करते-करते।"

"नैनसी सो गयी होगी सुबह पाँच बजे उसे जाना है। कल कोचीन की होपिंग प्लाइट करनी है। पता है एयर होस्टेस का बहुत टफ जॉब होता है।"

"नर्स से ज्यादा।" मनोहर बोला।

"अपन को तो घर भी खुद ही खोलना है हमारा कौन इंतजार कर रहा है।"

"क्यों! तुम्हारी पड़ोस की रमनी का क्या हुआ आजकल बोलचाल नहीं है क्या?"

"मूड मत खराब करो रात के डेढ़ बजे कोई पड़ोसी के लिए जगा नहीं करता। बिना बात के कन्फ्यूजन में मत रहा करो। मैं तुम्हारे डॉ. पुंडीर से शुरू हो जाता हूँ साला लफडेबाज।"

"ओके इट इज आल राइट।"

"फिर तुम्हारे ऊपर कहानीकार बनने का भूत सवार हो गया एक प्रूफरीडर हो तो प्रूफरीडिंग करो।" पिंगले साहब ने लगभग डाँटेते हुए कहा।

"नहीं सर! संडे एडिशन की कहानियों की प्रूफरीडिंग करते-करते बहुत बार मन में आया कि कहानी लिखूँ इसीलिए यह कहानी लिखी थी।"

"मनोहर इस तरह टाइम मत वेस्ट करो और काम में मन लगाओ।"

"सर मैंने बहुत मेहनत से लिखी है, एक बार पढ़ तो लें चाहे मत छापियेगा।"

"देखो मेरे पास इन सब बातों के लिए टाइम नहीं है। "पिंगले साहब ने खिन्न होकर उत्तर दिया।

मनोहर अपनी कुर्सी पर बैठा प्रूफ पढ़ने का असफल यत्न कर रहा था। पिंगले साहब से हुए वार्तालाप, उनका एक-एक शब्द उसके दिमाग में हथौड़े की चोट-सा बज रहा था। क्या होते हैं कहानीकार? प्रेमचंद एक बहुत बड़े कहानीकार थे और सुना है वह ज्यादा पढ़े-लिखे न थे। फिर मैं तो बी. ए. पास हूँ अभी तक सोचता था कि अनुभवों की सफल अभिव्यक्ति करने वाला व्यक्ति ही कहानीकार हो सकता है मनोहर अखबार के प्रिंट पढ़ जरूर रहा था पर कोई गलती उसकी पकड़ में नहीं आ रही थी। जैसे-तैसे करके सारे न्यूज आइटम आकू साहब की टेबल पर वह रख आया।

नीलम उसके साथ ही एडिटोरियल की प्रूफरीडिंग करती थी। ये जानते हुए भी कि नीलम की सहानुभूति में कहीं बहुत गहरा प्यार छुपा है मनोहर ने कभी अपने आपको भावुक अवसर नहीं दिया। पामिला का चित्र बरबस उसकी आँखों के सामने आ जाता था और मराठी भी। नीलम चिपलुनकर यही उसका नाम था आकर्षक बड़ी-बड़ी आँखें, पतली कमर, गोरा रंग और प्यारभरी बाते बहुत बार नीलम ने परोक्ष या अपरोक्ष रूप से उसको अपनी भावनाओं से परिचित करने का प्रयत्न किया था पर मनोहर के लिए पामिला बस पामिला इससे अधिक कुछ नहीं।

मनोहर मानता रहा है कि प्रत्येक व्यक्ति के मन में कहीं न कहीं एक आदर्श की सहज मूर्ति छुपी रहती है। अपनी-अपनी भावनाओं से प्रेरित वह काल्पनिक आदर्श होता है उसके गुण, स्वभाव, रुचियों और मुखाकृति का स्वयमेव ही चयन व्यक्ति के द्वारा अन्तः मस्तिष्क में धीरे-धीरे होता है। अब यदि कभी सौभाग्य से व्यक्ति को व्यवहारिक या वास्तविक रूप से उस आदर्श का प्रतिरूप छाया या मात्र अनुरूप ही मिल जाये तो भावनाओं का उदभव या उत्पन्न होना स्वाभाविक है एक अनबूझ-सी अपनत्व की भावना का सहज ही मन में विकास हो आएगा। और जब उस आदर्श प्रतिरूप में व्यक्ति अपने काल्पनिक तत्व की अनुभूति पाता है तो भावना के वशीभूत प्रेम हो जाना मानों लक्षित है।

प्रेम के विषय में बनाई हुई अपनी इन परिभाषाओं के

अनुरूप ही मनोहर को पामिला मिली थी। धर्म, पारिवारिक परिवेश की विभिन्नता होना उसके आदर्श के गुणों में शामिल था। हिन्दू होते हुए भी मनोहर धर्म के प्रति इतना आसक्त नहीं था। पता नहीं क्यों पामिला के साथ चर्च में जाकर उसे एक अजीब-सी शांति मिलती थी। वो अक्सर सोचता था कि क्रिश्चियन होने पर धर्म कितना आसान हो जाता है सुबह की मॉर्निंग प्रेयर में भगवान से दुआएँ माँगना और फिर नाइट प्रेयर में दिनभर का लेखा-जोखा या माफी मांग लेना। पामिला की वेस्टर्न ड्रेस भी उसे बहुत अच्छी लगती थी। फिर भी मन में आता था कि शादी के बाद उसको साड़ी पहनाकर, माथे पर बड़ा लाल टीका लगाकर, सिर पर साड़ी के पल्लू से सजाकर, कभी उसे देखेगा। कभी खयाल आता था कि एक हीरे की चमकती गोल नथ भी पामिला को पहनायेगा। अभी बाल कटे हैं उसके, शायद बढ़ा लेगी, तो जूड़े में देखने की तमन्ना भी पूरी हो जाएगी।

"मनोहर! इतनी देर से क्या सोच रहे हो" नीलम ने उसको बड़े प्यार से झकझोरा।

"कुछ भी नहीं" जैसे तन्द्रा भंग हुई। मनोहर भी हतप्रभ-सा रह गया। एक क्षण के लिए तो नीलम में उसे पामिला दिखाई दी, पामिला जो साड़ी पहने थी और बिंदिया लगाये थी।

"चलो चाय पीते हैं" नीलम मनोहर का हाथ पकड़कर सामने चायवाले की दुकान पर ले गयी।

" क्या बात है आज बहुत खोये-खोये लग रहे हो।" नीलम ने कहा।

"अरे नहीं आज भी पिंगले साहब ने मेरी कहानी नहीं पढ़ी इसी बात का बहुत दुःख है। प्रूफरीडिंग में भी मन नहीं लगा।" मनोहर सकुचाकर बोला।

"देखो मनोहर पिंगले साहब अखबार में तुम्हारी कहानी कभी नहीं छापेंगे। उनको लगता है कि एक प्रूफरीडर कहानीकार कैसे हो सकता है? फिर अपने कर्मचारी को कहानी लिखने का परिश्रमिक देना शायद उनको अजीब लगता होगा। मुझे अपनी कहानी दो मैं एक पत्रिका के सम्पादक को जानती हूँ तुम्हारी कहानी उसमें जरूर छप जायेगी। यहाँ पर शायद 100/- रूपये मिलते है, पत्रिका वाले 200/- रूपये देंगे।" नीलम ने मनोहर को बड़े प्यार से समझाया। और फिर नीलम मनोहर को एकटक देखती रही शायद उसकी आँखों में अपने प्यार को खोज रही थी। मनोहर के दुःख को उसकी भावनाओं को वो अपने में समा लेना चाहती थी अचानक उसे याद

आया कि मनोहर ने प्रूफरीडिंग में जरूर गलती की होगी और कल का अखबार देखकर पिंगले साहब से जोरदार डॉट पड़ना तय है। इस विषय में मनोहर से कुछ भी कहना उसे उचित न जान पड़ा। डर लगा कि कहीं मनोहर उसका कोई दूसरा अर्थ न लगा ले। लेकिन प्रूफ तो ठीक करना ही था।

"मनोहर मैंने अपने एडिटोरियल पूरे कर लिए है अब समझ नहीं आ रहा है, एक घंटा क्या करूँ? दिन में तो अपना ही अखबार नहीं पढ़ पाते चलो तुम्हारी कल की न्यूज आज ही पढ़ लेते हैं। कहाँ है तुम्हारा फोल्डर?" नीलम ने पूछा।

"गायकवाड़ अभी लेकर गया है।" मनोहर ने संक्षिप्त उत्तर दिया। मनोहर जानता था कि नीलम उससे बहुत प्यार करती है पर उसके प्रेम को मित्रता के अतिरिक्त कुछ और अर्थ देने में वह असमर्थ था।

डॉ. पुंडीर ने आज अपनी एम. सी. एच. की डिग्री मिलने पर पार्टी दी थी बंबई के बड़े-बड़े हॉस्पिटल, लीलावती हिन्दुजा और ब्रीच कैन्डी इत्यादि के सर्जन थे। बान्द्रा में खुले नए रिजेंट होटल में डिनर पार्टी थी। डॉ. पुंडीर ने पामिला को विशेष रूप से बुलाया था पामिला को समझ नहीं आ रहा था कि इस निमंत्रण को स्वीकार करे या न करे क्योंकि बम्बई की पार्टियाँ देर रात तक चलती है। रात का एक-दो बज जाना तो मामूली बात थी।

मनोहर को भी साथ ले लिया जाये इसी बहाने डॉ. पुंडीर को उसके बॉय फ्रेण्ड का परिचय मिल जायेगा और शायद भविष्य में अपनी हरकतों से बाज आ जाये। वैसे भी हॉस्पिटल के डॉक्टर और नर्स इस पार्टी में जा ही रहे थे।

बम्बई के अन्य बड़े डॉक्टरों से भी मिलने का यह अच्छा अवसर था। यही सब सोचकर पामिला ने पार्टी में जाने का मन बना लिया। मनोहर से फोन पर ही बात हो गयी और उसने ग्यारह बजे तक होटल में आने को कहा।

चूँकि परेल से बान्द्रा वेस्ट में रीजेन्ट होटल तक आने में एक घण्टा तो लग ही जाता है पर मनोहर ने पार्टी अटेण्ड करने को मना कर दिया क्योंकि एक तो वह डॉ. पुंडीर को जानता नहीं दूसरे उन्होंने स्वयं तो उसे बुलाया नहीं था, पर हाँ ग्यारह बजे होटल की लॉबी में मिलने का वादा किया था। पामिला को सख़्त हिदायत दी थी कि वह पंद्रह मिनट से ज्यादा लॉबी में नहीं रुकेगा। इसलिए हर हालत में सवा ग्यारह तक पामिला को लॉबी में आ जाना चाहिए।

रिजेंट होटल का कन्वेंशन हॉल डॉ. पुंडीर के दोस्तों और

रिश्तेदारों से भरा था। रात के दस बज गए थे और अभी भी लोगों का आना-जाना जारी था। पामिला ने हेयर्स पर्मिंग कराये थे और बहुत सुंदर पर्पिल कलर की ड्रेस पहने थी। बहुत गोरा तो उसका रंग था ही उस पर डार्क शेड की लिपिस्टिक और हल्का मेकअप। ड्रेस की फिटिंग कुछ इस तरह की थी कि फिगर के कटाव कुछ अधिक ही दिखाई दे रहे थे।

सभी के आकर्षण का केंद्र बनी पामिला सबसे हँस-हँसकर बात कर रही थी। डॉ. पुंडीर तो पामिला के इर्द-गिर्द ही मँडरा रहे थे। यहाँ तक कि आने वालों का स्वागत करने का भी उन्हें ध्यान नहीं था। शेम्पेन का पहला पेग उन्होंने पामिला को अपने हाथों से पिलाया। पामिला बहुत अच्छी पार्टी डांसर है यह बात सभी जानते हैं। फ्लोर पर थिरकते हुए हर किसी का मन उसके साथ डांस करने को कर रहा था।

डॉ. पुंडीर को मेहमानों का आना नागवार गुजर रहा था क्योंकि हर बार उन्हें फ्लोर छोड़कर आना पड़ता था। पामिला किसी और के साथ डांस करते देखना मानों उन्हें सहन नहीं हो रहा था। जब भी मौका मिलता डॉ. पुंडीर डांस करते-करते पामिला की कमर को अपनी बाँहों में कुछ अधिक-ही समेट लेते थे। कई बार पामिला ने अपना मुँह भी मोड़ लिया जब लगा कि आज तो शायद डॉ. पुंडीर आलिंगन में लेकर उसके होठों पर अपने होठ रख देंगे। फिर भी पामिला वक्त की नजाकत समझकर सब कुछ सहन करती रही। न चाहते हुए भी पामिला को दो-तीन पेग वाइन के पीने पड़े। नशे का सुरूर था पर पूरी तरह होश में थी।

कब घड़ी ने साढ़े ग्यारह बजा दिए कुछ पता ही न चला। अभी डिनर भी बाकी था। लॉबी में मनोहर को ना पाकर पामिला सीढ़ियाँ तेज कदमों से उतरती हुई बाहर पोर्टिको की ओर भागी। जब होटल के दरबान कुछ न बता पाये तो वह सड़क तक गयी पर वहाँ इक्के-दुक्के लोग और एक खाली ऑटोरिक्शा के अलावा कुछ न था।

बदहवासी में पामिला वापस लौटी और घबराये स्वर में ना जाने क्यों मनोहर की बात छुपाकर डॉ. पुंडीर से बोली। "अब मैं घर कैसे जाऊँगी? बहुत रात हो गयी है।"

"हम छोड़ने जायेंगे, अभी टाइम ही क्या हुआ है? मिस पामिला।"

डॉ. पुंडीर मदहोशी की हालत में बोले उनका हाथ पामिला के कंधे पर था।

डॉ. पुंडीर का हाथ झटककर पामिला प्लेट लेकर आगे बढ़ गयी।

रात का डेढ़ बज रहा था हाइवे पर इक्का-दुक्का गाड़ियाँ थी डॉ. पुंडीर की होंडा सिटी गाड़ी का एयर कंडीशनर ड्राइविंग सीट की बगल में बैठी पामिला ने धीमा किया। डॉ. पुंडीर ने स्टीरियो की आवाज़ तेज करते हुए पामिला की तरफ देखा और कार की स्पीड बढ़ा दी अँधेरी प्लाई-ओवर का कार्य चल रहा था। डॉ. पुंडीर का ध्यान सामने की तरफ कम और पामिला की ओर अधिक था सामने से आता मोटर साईकिल सवार बड़ी मुश्किल से अपने को बचा पाया। डॉ. पुंडीर ने बड़े ज़ोर का ब्रेक मारा और जानबूझकर पामिला की ओर लुढ़के। फिर उन्होंने इगनीशन ऑफ कर दिया और कार रुक गयी।

जोगेश्वरी से पहले आज न जाने क्यों हाईवे की लाइटें गुल थी। डॉ. पुंडीर ने पामिला को पूरी तरह अपनी बाँहो में भर लिया उसकी कसमसाहट और चिल्लाना पॉवर विन्डो वाली इस कार में बेमानी था। पामिला का हाथ चाहकर भी तेज बजते स्टीरियो तक नहीं पहुँच पा रहा था। डॉ. पुंडीर के होठ जहाँ एक ओर पामिला को यहाँ-वहाँ चूम रहे थे वहीं दोनों हाथ पामिला के शरीर के आकर-प्रकार और गोलाइयाँ मापने में लगे थे। नशे का सुरूर पामिला पर भी छाया था और डॉ. पुंडीर एक भूखे भेड़िये से उसके होठ चूम रहे थे। उसके बाद डॉ. पुंडीर पामिला के भरसक विरोध के बावजूद कामपिपासा शांत करने में सफल रहे।

नैनसी इवनिंग फ्लाइट से दिल्ली गयी हुई थी। इसलिए स्वयं दरवाज़ा खोल कब पामिला बिस्तर पर गिरकर सो गयी कुछ याद नहीं। सुबह उठा नहीं गया शरीर का हर अंग दर्द कर रहा था। सिर दर्द के मारे फट रहा था। फिर भी पामिला ने एलप्रेक्स की दो गोलियाँ ली और सो गयी मानों सोकर ही इस हादसे को भुलाया जा सकता था।

आज तीसरा दिन था पामिला हॉस्पिटल नहीं गयी थी। मनोहर दो बार मिलने आया और उसे तबियत खराब होने का बहाना करने के अतिरिक्त वह कुछ न कह पायी। मनोहर को सब कुछ बता देना का साहस जुटा पाना उसके लिए मुश्किल था। बहुत ख्याल मन में आये, पुलिस में रिपोर्ट करके डॉ. पुंडीर को जेल पहुँचाना, मनोहर को सब कुछ बता देने के बाद उससे संबध टूट जाना या फिर आत्महत्या कर लेना। एक न खत्म होने वाला अंर्तद्वंद पामिला के मन में चल रहा था।

नैनसी फ्लाइट करके लौटी और दिन के दो बजे पामिला

को घर में पाकर आश्चर्य में पड़ी गयी। बड़ी बहन के गले मिलकर पामिला फूट-फूटकर रोती रही। अब नैनसी को हमराज बनाने के बाद मन का बोझ कुछ हल्का हुआ।

बलात्कार कानूनन एक जघन्य अपराध है। अपराधी को छह वर्ष की कैद भी हो जाये तो क्या स्त्री को उसकी मर्यादा वापस मिल सकती है? कुछ जगह न्यायालय ने धन देने का भी प्रावधान किया पर क्या इस सबसे नारी को आत्मसम्मान, गौरव प्रतिष्ठा और समाज की दृष्टि में अबोधता मिल सकती है? बलात्कार सिद्ध होने के बावजूद दोष नारी को जाता है।

नैनसी के पास इस तरह घटनाओं समझने-बूझने का पर्याप्त अनुभव था। अक्सर वासना के भूखे कुछ पायलट मिल जाते थे और एयर होस्टेस के पेशे में आई नयी लड़कियाँ उनकी हवस का शिकार हो ही जातीं थी। इन हादसों को दुःस्वप्न का नाम देकर भूल जाने के अलावा शायद दूसरा रास्ता नहीं बचता था उनके सामने।

मड आयलैण्ड का आक्सा बीच सागर की आती-जाती सफेद लहरें, एक अजीब-सा शोर, पामिला की बातें इस शोर में भी बहुत साफ-साफ सुनाई दे रहीं थी मनोहर को। बार-बार खून में उबाल आ रहा था बहुत सारे प्रश्न होते हुए भी वह जुबान पर नहीं ला पा रहा था। पामिला आज बहुत मजबूत दिल से मनोहर के हर फैसले के लिए तैयार थी। डॉ. पुंडीर के विवाह हेतु आये प्रस्तावों ने केवल और अधिक घृणा उसके मन में उत्पन्न की थी। चर्च में भी उसने इस दरिन्दे को माफ नहीं किया था डॉ. का पाप उसने अपनी प्रेयर में गॉड पर छोड़ दिया। आज मनोहर अगर जीवन था तो सागर की गहराई में समा जाना पामिला का अंतिम फैसला था।

लीलावती हॉस्पिटल में नयी नौकरी के साथ-साथ कालचक्र की भाँति घटना क्रम कितनी तेजी से बदले कुछ पता नहीं चला। मनोहर का हादसे को सहजता से लेना, नैनसी का अपने प्रेमी जौनी के साथ शादी करके गल्फ चले जाना पामिला के लिए आज एक सपना था। दो महीने के गर्भ का पता लगने पर मनोहर से हुई एक लम्बी बहस जहाँ चाहते हुए भी पामिला एबॉर्शन नहीं करा पा रही अपने धर्म के मूल्य उसके आगे पहाड़ की तरह खड़े थे। चर्च की घण्टियाँ जोर-जोर से चिल्ला रही थी यह भ्रूणहत्या होगी। मनोहर के लाख समझाने पर भी पामिला एबॉर्शन न करवा पायी।

शादी जहाँ एक ओर डॉन बास्को के चर्च में हुई वही बान्द्रा के एक मंदिर में पुजारी के समक्ष मालाओं के आदान-प्रदान और माँग में भरे सिंदूर ने इस परिणय को पूर्णता प्रदान की थी।

मनोहर का कहानीकार बनना, साड़ी पहने घूँघट में पामिला को देखना, प्रूफरीडर के जॉब से कभी बाहर निकलना, या कभी अपनी औलाद पा लेना सब सपने ही रह गये। पामिला उसका आदर्श, उसका प्यार थी, रही और रहेगी इस सबके बीच कब पचास की उम्र पार कर मनोहर इस दुनिया से कूच कर गया ये बात पामिला के चेहरे पर आई झुर्रियाँ भी न जान पायीं।

आज मिसेज पामिला मनोहर लीलावती की सबसे रोबिली हेड नर्स ने अपने बेटे को डॉ. फ्रांसिस मनोहर बनते देखा है। आज उसका बेटा एक डॉक्टर ही नहीं बल्कि एक कुशल सर्जन है।

डॉ. पुंडीर ने शादी की पर डॉक्टर पत्नी से दो साल भी न निभा पाये। डायवोर्स लेना पड़ा। डॉक्टर पत्नी से हुए लड़ाई-झगड़े ने जरूर उनकी प्रतिष्ठा को झटका दिया था जबकि पामिला के साथ किये हुए कुकृत्य से वो साफ बच गए थे। पामिला का मौन इसका साक्षी रहा हालाँकि एक ही शहर में रहते हुए वो पामिला की खोज-खबर न ले सके।

डॉ. पुंडीर हॉस्पिटल के डायरेक्टर बन चुके थे। बुढ़ापे की लम्बी परछाई ने उनको भी घेर लिया था। आज डॉ. फ्रांसिस मनोहर ने फिर उसी रिजेंट होटल में एम.सी.एच. डिग्री पाने की पार्टी दी है पामिला अपने बेटे को डॉ. केरेल के साथ डांस करते देख रही है। वही शराब का दौर चल रहा है।

"मम्मी! मीट माई डायरेक्टर डॉ. पुंडीर एमीनेंट सर्जन ऑफ दिस कन्ट्री, और सर! शी इज माई मदर मिसेज पामिला किसी जमाने में हमारे ही हॉस्पिटल में नर्स थी।" डॉ. फ्रांसिस ने डॉ. पुंडीर का पामिला से परिचय करते हुए कहा।

कुछ क्षण के लिए वक्त ठहर गया, एक शून्य स्तब्ध-सा मौन।

न जाने क्यों डॉ. पुंडीर के होठ कुछ कहने के लिए भी हिल नहीं पाये शायद आत्मग्लानि के बोझ ने उन्हें बौना बना दिया था और पामिला बहुत दूर अतीत में खो गयी थी। बहुत सारे बिच्छुओं ने जैसे उसे डंक मार दिये हों। एक पीड़ा थी सच को छुपाने की शायद जीवन में पहली बार।

चर्च में कन्फेशन करते समय पामिला की आँखें भर आई आँसू थम नहीं रहे थे। अतीत के सारे पृष्ठ एक-एक करके उसने उलट दिये थे और एक अटूट फैसला किया था पामिला ने सच को मारने का। हाँ डॉ. फ्रांसिस मनोहर मेरे पति मनोहर का ही पुत्र है यही सच है सबके लिए।

दीवार पर टँगी तस्वीर में मनोहर का चेहरा आज पामिला

के मुख से उसके इस फैसले को सुन मुस्करा रहा था। पर न जाने क्यों पामिला साहस नहीं जुटा पा रही मनोहर की निर्जीव आँखों में देखने का। पामिला उस तस्वीर की मुस्कान का रहस्य न जान पायी। वहशी ही सही डॉ. पुंडीर को सच पता लगना चाहिए? क्या पुत्र को उसके असली पिता का परिचय देना ज़रूरी है? क्या सच जानना जीवन के लिए आवश्यक है?

पामिला को इन सब प्रश्नों ने आज घेर लिया और एकटक मनोहर की तस्वीर को देखते हुए उसे लगा जैसे मनोहर की आत्मा भी उसके फैसले पर खुश है। फैसला एक सच को मारने का।

एक मज़दूर की मौत

धूल से सने कपड़ों में रोनी-सी सूरत बनाये रमुआ दरवाज़े के सहारे खड़ा सुबक रहा था, नाक होठों तक बह आयी, हाथ मिट्टी में सने रहे थे। सुबकियों के बीच में ही एक सुड़ुक की आवाज़ के साथ बह आयी नाक को अंदर कर लेता है। और एक आसभरी निगाहें रसोई की ओर डालता है, जहाँ माँ रसोई बना रही है।

"क्यों रे रमुआ कैसे चला आया?" पल्ले से मुँह पोंछती हुई माँ पूछती है। वह एक अधेड़ उम्र की स्त्री है जो मैली-सी धोती और ब्लाउज पहने है। धोती जगह-जगह से फटी हुई और रंग-बिरंग पैबंद भी उन छेदों को रोक नहीं पा रहे।

माँ के शब्दों से मानों रमुआ के कान में जूँ तक न रेंगी वह निश्चल-सा खड़ा रहा।

"अरे ऐसे क्या घूर रहा है? बतायेगा नहीं? क्या हुआ है? स्कूल से भाग आया या शैतानी पर निकाला गया है?"

"मास्टर ने फीस माँगी है" रमुआ के मुँह से सकपकाती-धीमी आवाज़ निकलती है और वह यह कहने बाद भी उत्सुकताहीन-सा ताकता रहता है मानों आगे की सारी गतिविधियाँ वह जानता हो।

'फीस'... यह आवाज़ सुनते ही स्त्री के माथे पर बल पड़ जाते है जैसे एक साथ कई बिच्छूओं ने काट खाया हो फिर भी वह संयत स्वर में कहती है, "मास्टर से कह देना कि पाँच-छः दिनों में पहुँचा देंगे अभी तनख़्वाह नहीं मिली है। जा अब जल्दी जा।"

"यह सब तो मैं एक हफ्ते से कह रहा हूँ पर आज मास्टर नहीं माने और कहा है कि बिना फीस के मत आना।"

अब की बार स्त्री एक क्षण चुप रहकर कुछ सोचने का प्रयास करती है। फिर तेजी से अंदर की ओर जाती है, जहाँ एक पेटी में गूदड़ों के बीच कुछ टटोलती है, उसमें से एक रुमाल निकालकर खोलती है, और छन की एक आवाज़ के साथ दो का सिक्का भूमि पर आ गिरता है। जिसे देखकर स्त्री का चेहरा फीका पड़ जाता है परन्तु यह स्थिरता शीघ्र ही लुप्त हो जाती और वह कुछ गंभीर स्वर में रमुआ को बाहर जाने का आदेश देती है।

रमुआ उदास-सा बाहर आ जाता है जहाँ उसके तीन छोटे भाई व एक बहन मिट्टी से खेल रहे है। छोटा भाई गीली मिट्टी चुपके से बहन के मुँह पर पोत देता है। इसके प्रयुत्तर में बहन उसे पकड़कर कीचड़ में लुढ़का देती है। रमुआ भी यह क्रिया-कलाप देख रहा है,

पर वह शांत अनमना-सा खड़ा है जबकि वह इन सबका बड़ा भाई है! वह तो मानों स्वयं इसमें आनन्द का अनुभव कर रहा है।

"भैया! इसने हमको मारा है।" एक धीमी ध्वनि रमुआ के कानों में पड़ती है। रमुआ देखता है कि छोटा भाई आशासूचक निगाह से उसको देख रहा है। थोड़ी देर तक कुछ सोचने के पश्चात वह उसको वापस भगा देता है।

इस वातावरण में वह अपने आप को कुछ ऊबता-महसूस करता है और अपनी जेब से कंचे निकालता है लाल, हरी, पीली, नीली बीसीयों कंचे उसके पास है। कंचे पर प्रकाश की सीधी किरणे पड़ रही हैं और वे बार-बार चमक उठते हैं। उन्हें देखकर रमुआ सोचता है, यह उसकी कमाई है, उसकी जीत है और वही इनका मालिक है। कंचे को जेब में डालकर चौराहे की तरफ चल देता है जहाँ और कई लड़के कंचे खेल रहे हैं। वह भी और कंचे जीतने की धुन में है।

मोबिल ऑयल से सने हाथों को कपड़े से पोंछता हुआ जग्गू कारखाने के अंदर जाता है। तभी घंटी बजती है, काम खत्म हो गया है। सभी मज़दूर घर की राह लेने के लिए जल्दी में है। सामने मेज पर एक व्यक्ति बैठा है जो सबका अँगूठा बारी-बारी से लगवाकर पैसे दे रहा है। जग्गू भी जल्दी से अपना खाने का डिब्बा बगल में दबाकर अपना हाथ उस व्यक्ति की ओर बढ़ा देता है। वही क्या सभी मज़दूर अभ्यस्त हो गए हैं अँगूठा लगाने के। आखिर उसे यह काम करते-करते ज़िंदगी बीत गयी है। इस सारी ज़िंदगी में जग्गू न जाने कितनी बार मशीनों से जूझा है और उसका खून-पसीना मोबिल ऑयल बनकर मशीनों में चलता है, तब कहीं जाकर दो रूपये मिलते है।

हाथ में दो रूपये दबाये जग्गू एक प्रौढ़ व्यक्ति है। उम्र यही अड़तालीस साल के आस-पास है, बाल धूल में सने है। हाथ और मुँह में तो मानों किसी ने कालिख-सी पोत दी है। इसी तरह के हालत बयान कर रहे हैं।

बनिये की दुकान से डेढ़ रूपये की आटे की थैली लेकर जग्गू घर में प्रवेश करता है, थैली छोटी लड़की को देकर वह खटिया पर लेट जाता है। तभी सामने से रमुआ की माँ एक मटकी लिए प्रवेश करती है। सम्भवतः मटकी में पानी है जो वह अभी-अभी कुएँ से भरकर लायी है जग्गू के पास आकर वह मटके का पानी एक धार के रूप में गिराती है जग्गू मानों एकदम तैयार बैठा था। वह ओक बनाकर पानी पीता है साथ ही मुँह भी धोकर वह खटिया पर ही पड़ जाता है। तभी उसके कानों में रमुआ की माँ की कर्कश-सी प्रतीत होती ध्वनि पड़ती है।

"अरे रमुआ के बापू आज फिर रमुआ के मास्टर ने उसको निकाल दिया है और फीस माँगी है। पिछले माह की मिलाकर कुल दो रूपये माँगी है। जाड़ा भी करीब है और मेरे पास एक भी स्वेटर नहीं है। पाँवों में चप्पल तक नहीं है। घर का खर्च चलने तक को तो तुम पैसा नहीं देते हो। बताओ अब मैं क्या-क्या करूँ।"

रमुआ की माँ की एक साँस में कही गयी इन बातों को सुनने के लिए जग्गू मानों तैयार न था, वह थका हुआ था. उसके मन में टीस उठती है। आवेश में आकर वह एक झटके के साथ उठता है और रमुआ की माँ को दो-तीन झापड़ जड़ देता है।

"क्या ज़रूरत थी आते ही यह सब कहने की देख रही है कि मैं थका हूँ पानी के बाद यह तक तो पूछ न सकी कि क्या खाओगे? बस आते ही बरस पड़ी।"

"अरे हाँ-हाँ! मुझे तो मारोगे ही। और क्या करोगे?" रमुआ की माँ सुबकती हुई कहती है।

पाँचों बच्चे स्तब्ध अवस्था में दीवार से सटे हुए माता-पिता का यह वार्तालाप सुन रहे हैं और अपने अंदर कुछ भय महसूस कर रहे हैं।

घर को वैसी ही मौन दशा में छोड़कर जग्गू चौराहे पर लगे ठेके पर पहुँच जाता है और आते की बची अठन्नी निकालकर बोतल में पड़ी सारी शराब एक ही साँस में पी जाता है। कुछ देर साथियों से इधर-उधर की गप्पें छानकर नशे में झूमता हुआ घर की तरफ कदम बढ़ाता है। उसे अहसास होता है कि गलती शायद उसी की है उसे रमुआ की माँ को नहीं मारना चाहिए था। पर वह भी क्या करे, दिनभर की कड़ी मेहनत के बाद जो पैसा मिलता है वह सब घर में खाने के काम में लग जाता है, इस दशा में कपड़े और फीस, यदि नहीं जुटा पाता तो इसमें उसका क्या कसूर है वह तो अपनी ओर से पूरी मेहनत करता है, अब यदि तनख़्वाह थोड़ी है तो क्या करे?

यही सब सोचता होगा जग्गू घर में कदम रखता है। बच्चे सो चुके हैं पर रमुआ की माँ खाना लिए उसी की राह देख रही है। नशे में होते हुए भी जग्गू होश में है। उसके मन में आया है कि यह कितनी सीधी है, मैं इसको मारता हूँ, शराब के नशे में गालियाँ देता हूँ पर यह मानवता की मूर्ति-सी बनी निश्चल खड़ी रहती है। मार-डांट सब कुछ सहकर भी उसके प्रति स्नेह करती है।

इन्हीं विचारों में डूबा हुआ जग्गू सोने की तैयारी करता है, पर नींद तो आज जैसे गायब हो गयी थी जग्गू को इंतजार था कि जल्दी से सुबह हो।

दस बजे का भोंपू बजते ही मशीनों की गड़गड़ाहट से कारखाना गूँज उठा। इस माहौल में जग्गू के हाथ भी स्वाचलित मशीन की तरह बड़े-बड़े पहियों को चला रहे हैं। अपने काम में लगा हुआ है, पर आज उसे श्रम में भी एक असीम आनंद की अनुभूति हो रही है।

आज वह रमुआ की माँ के लिए धोती ले जायेगा। रमुआ की फीस जाएगी और घर में अच्छा शाक बनेगा। यही सब सोचते-सोचते एक बजे का घण्टा बजता है और खाने की सुध छोड़कर जग्गू मालिक के कमरे में पहुँचता है काफी अनुनय-विनय की कि 49 रूपये दे दें और मास के बोनस में से काट लें।

पर मालिक जैसे पत्थर दिल थे। वे जड़वत रहे और इनकी डांट-फटकार में ही जग्गू को अपनी सभी स्वप्न ढहते नज़र आये। वह साहस करके बोला, "मालिक यह कारखाना मशीनों का है यहाँ मशीनों से मशीनें बनती हैं, मशीनों को मशीनें चलाती हैं। मैं भी एक मशीन हूँ, मेरी रंगो में भी मोबिल ऑयल खून के रूप में बह रहा है, मेरा एक-एक कतरा इन मशीनों में लगा है। तब भी मैं इस काम की खातिर उधार नहीं पा सकता, मेरी गरीबी पर तरस खाकर मालिक आप पाँच रूपये ही दे दें।"

जग्गू के इस धाराप्रवाह व्याख्यान को सुनकर भी मालिक को जैसे यथार्थ का अहसास नहीं हुआ।

"मैं कुछ नहीं जानता, तुम जा सकते हो। माना कि तुम हमारे कारखाने के बहुत पुराने मज़दूर हो, पर यह न समझना कि हम तुम्हें निकाल नहीं सकते, काम करना है तो करो नहीं तो जाओ, और बहुत आ जायेंगे।"

कमरे से बाहर आते समय "और बहुत आ जायेंगे" का वाक्य सुनकर जग्गू के मस्तिष्क को एक गहरी ठेस लगी। मालिक का आखिरी वाक्य उसके कानों में बार-बार गूँज रहा था। उसे चक्कर-सा आता महसूस हो रहा था। काम शुरू हो गया और पहिये घूमते और घूमते गये।

आज जग्गू मशीनों के बीच में खड़ा अंधकार में था, बस स्थिर-सा अपने भविष्य को निहार रहा था, सिर दर्द के मारे फट रहा था। घर जाकर क्या कहेगा कि कारखाने में उसकी कीमत पाँच रूपये भी नहीं है? नहीं!.. यह नहीं हो सकता जग्गू ज़ोर से हाथ मारता है।

पर यह क्या!... नहीं के साथ ही उसका हाथ पाहिये पर पड़ा और उसका शरीर पट्टे में आ गया। मशीनों से खून, जिसको वह मोबिल ऑयल कहता था रिसने लगा। वास्तव में मशीनें आज

खून नहीं बल्कि अब तक का पिया हुआ मोबिल ऑयल निकाल रहीं थी। मज़दूरों के शोर से मशीने रोकी गयी पर अब क्या हो सकता था, अब तो एक बड़ी मशीन छोटी मशीन को निगल चुकी थी।

जग्गू की लाश लकड़ियों पर रखी थी सारा मज़दूर संगठन आँखों में पानी भरे था। रमुआ के हाथों से लकड़ियों को आग दिखाई गयी और भकभक करके धुएँ में रमुआ की माँ को अब भी एक रंगीन धोती लहराती हुई नज़र आ रही थी।...धोती...। एक रंगीन धोती।

अनूठे सपनों की तलाश

माथे पर पसीने से चूँह आयी बूँदों को हटाते हुए रामदीन फिर अपने काम में जुट गया। घड़ी की सुई अभी एक घंटा काम और करने को कह रही थी। इस समय भी शरीर टूट-सा रहा था क्या करें वह अकेला पेट जरूर था पर उसकी आग बुझाने को यह जी-तोड़ मेहनत करके दो रूपये मिल पाते थे।

किसी भी पेड़ के नीचे रात काटने का आदी रामदीन जब कभी कुछ सोचने को बैठता था तो अपने आस-पास एक असन्तोषपूर्ण वातावरण देखता था। क्या तो उसका मालिक और क्या सभी स्वार्थवश, कार्य करते हैं हम जूते पहनते हैं स्वार्थवश, कपड़े वह भी स्वार्थवश, काम वह भी स्वार्थवश, यहाँ तक कि अत्यावश्यक खाना भी स्वार्थवश ही खाया जाता है। किसी भी कार्य को करने से पहले उसमें अपना स्वार्थ दर्शन करना ही शायद मनुष्य की मानोवृति-सी बन गयी है। जब भी उसे मास का अतिरिक्त बोनस मिला है उसने देखा कि सभी उसके मित्र हैं उसके नाम की तालियाँ बज रही हैं और ऐसे में सारा वातावरण मानों उससे कहता हो कि यह सब दिखावा है। स्वार्थपूर्ति के लिए है। जब कभी भी उसे शहर की ओर जाने का अवसर मिला है तो उसने देखा कि वहाँ भी कुछ तनाव का वातावरण है। अंजान की मंडी में भावों की बोली लग रही है सभी इसी प्रयत्न में लगे हैं कि किसी तरह वे अपने गंतव्य पर पहुंच सकें। सामान्य वस्तुओं की दुकानों पर भी ग्राहक की तरह-तरह से खुशामद की जाती देखकर रामदीन कुछ खिन्न सा हो उठा है।

चाय की दुकान पर एक प्याला चाय पीकर वह आसपास के माहौल को समझने का जितना प्रयत्न करता है उतना ही उलझता जाता है आज चारों तरफ के वातावरण में उसको दिख रहा है तो केवल एक ही बात स्वार्थ और केवल स्वार्थ। कुछ बड़े-बड़े रईसों के आते ही आवभगत और कुशलक्षेम पूछकर आदरभाव जताना। दूसरी ओर गरीब जब पल्ला ढोकर आता है तो लोग मुँह फेरकर ही रह जाते हैं। यह दूरी आखिर क्यों है? इसका मात्र कारण क्या धन है? रामदीन यह सब सोचने में असमर्थ है पर वह क्यों सोचे, उसे क्या लाभ? वह देखना चाहता है कि इस दूरी को क्या कभी वह पार कर सकेगा यह खाई पटेगी शायद असंभव।

आज ही की तो बात है। जरा-सी बात पर दो मज़दूरों में लड़ाई हो गयी। बात कुछ भी नहीं और बहुत कुछ थी। हड़बड़ाहट में मज़दूर से प्याला टूट गया। अब दुकानदार पैसे माँग रहा है धमका

रहा है। बेचारा मज़दूर हर्जाना क्या दे जिसका पेट हड्डियों से चिपका पड़ा है। आखिर किस्सा बढ़ता देखकर रामदीन अपने पैसे का उपयोग करके झगड़ा निबटाता है। मज़दूर की कृतज्ञता दर्शन का उसके पास समय नहीं है पर वह फिर एक बार यह वातावरण देखकर पेशोपश में पड़ जाता है कि गरीबी एक कलंक है? यही बात अमीर जानबूझकर करता है, चाय सहित प्याला फेंककर दुकानदार को डाँटता है कि चाय कितनी खराब बनाई है तब क्यों नहीं दुकानदार उससे पैसे माँगता? क्यों नहीं उसे डाँटता? इसके विपरीत अच्छी चाय लाता है। माफी माँगता है। इसके पीछे भी स्वार्थ है कि पैसे अधिक मिलेंगे।

रामदीन को तो तौबा-सी करनी पड़ती है और वह सोचता है कि काश यदि मैं भी अमीर होता तो दिखाता कि गरीबी वास्तव में कलंक नहीं है बल्कि एक अभिशाप है जो जानबूझकर दिया गया है।

अब तो प्रतिशोध लेने की धुन है कि किसी तरह अमीर बना जाये पर अमीर बनना कोई आसान नहीं। इसके दो ही रास्ते है एक तो राह चलते अमीर को लूटकर और दूसरा दैविक है कि गड़ा धन मिल जाये। पहला अपने हाथ में है पर नीच कर्म है और दूसरा आकस्मिक व अनिश्चित है। तो वह अब क्या करे? हाँ याद आया वह आजकल लोगों को बेवकूफ बनने का जो नया चक्र चला है लॉटरी...। पर क्या लॉटरी सचमुच खुल जाती है? या यह धोखा है? पर यदि धोखा होता तो इतने लोग क्यों खरीदते। जरूर यह भी संयोग है। एक रूपये में एक टिकट आता है टिकट बेचनेवाला भी सबको लखपति बनने के ख्वाब दिखता है। भोले-भोले लोगों को गारण्टी देता है कि लखपति नहीं तो हजारपति बन ही जाओगे पर क्या लोग नहीं जानते कि ऐसे ही लखपति बनते तो लौटरीवाला क्या यहाँ बैठा चिल्ला-चिल्लाकर टिकट बेचता होता कहीं नवाब-सा बना होता।

सब बातें सोचने के बाद भी अंत में सवाल रूपये पर आकर टिक जाता है। एक रुपया कहाँ से आये हाँ आज आठ आने व कल आठ आने वह बचायेगा पर क्यों? यह कोई ज़रूरी तो नहीं कि नंबर उसी का निकलेगा चलो यह तो संयोगवश है, भाग्य है या कोई और गोरखधन्धा है। पेट की भूख कम मिटेगी पर वह टिकट जरूर खरीदेगा। कल शहर जायेगा यह निश्चय-सा करके पेड़ के नीचे ठंडी हवा का आनंद लेता हुआ रामदीन पत्तियों का हिलना देखता हुआ सो गया।

सब निश्चय करने के बाद भी रामदीन के मस्तिष्क में एक प्रश्नचिन्ह-सा बना हुआ है कि क्या यह टिकट खरीदना स्वयं स्वार्थ नहीं होगा? क्या वह स्वार्थी न कहलायेगा? नहीं कभी नहीं वह यह

कामनाएँ अपने भोग के लिए नहीं वरन समाज के सामने एक सच्ची तस्वीर प्रस्तुत करने के लिए कर रहा है।

आखिर वह शुभ घड़ी भी आ गयी जब भोपूवाले रिक्शा के आगे जाकर वह भी एक टिकट खरीद लाया। दुकानदार कह रहा था कि दस लाख का टिकट है हाय राम! यह दस लाख क्या बला होती है, कितने होते होंगे!

इस टिकट पर मुहर है ही नहीं, कहीं नकली न रह जाए और रामदीन पता नहीं किस उमंग में जाता है और वह डप्पेदार मुहर भी लगवा आता है। मानों मुहर ने उसको आत्मिक शांति दी है कि असली मामला है।

कभी-कभी रामदीन नेताओं के व्याख्यानों में एक बड़ा प्रचलित शब्द समाजवाद सुनता रहा है लोग कहते हैं इसके आने पर गरीब-अमीर के बीच दूरी न रहेगी और सबको समान अधिकार मिलेंगे। पर यह समाजवाद कौन लायेगा? हम सब लोग या यह चिल्लानेवाले, वोट माँगनेवाले नेता... इसमें वह कुछ कह सकने की स्थिति में नहीं है।

सच पूछो तो उसे आज तक कोई ऐसा आदमी नहीं मिला जो उसे समाजवाद का अर्थ बता सके ज्यादा से ज्यादा कोई गरीबी हटाओ कहता है पर क्या यह नारे लगाने से सब दूर हो जायेगा?

रामदीन के साथी इस बात पर आश्चर्य व्यक्त करते हैं कि रामदीन इन सब बातों को जानने की कोशिश क्यों करता है और इतना सब कुछ क्यों जानता है उन्हें तो बस इतना मतलब है कि पैसा मिला और घर भर का पेट भर गया यदि नहीं भरा तो फिर तंगी का सामना बस यही उनकी दुनिया है।

आज शायद लॉटरी का परिणाम निकलने वाला है लॉटरीवाला आया है और टिकटों के नंबर मिला रहा है किसी की आवाज़ आयी की रामदीन का पहला इनाम निकला है रामदीन तो विश्वास न था पर अब लॉटरीवाला के ही कहने पर समझा।

हालाँकि अभी रुपया नहीं मिला है पर बड़े-बड़े सेठों के यहाँ से दावतों के निमंत्रण और जगह जगह बड़े लोगों से मुलाकात, शानदार कपड़े यह सब रामदीन की शोभा बढ़ा रहे हैं सब रामदीन के विश्वासपात्र बनने का प्रयत्न कर रहे हैं, हर कोई उस पर अपना रंग जमाने के चक्कर में है सभी स्वार्थी हैं यह रामदीन भी जानता है इनका मकसद है कि शायद दस लाख की कुछ खुरचन ही हाथ आ जाये।

आज रामदीन का मालिक उसका दोस्त है। रामदीन से भाषण देने को कहा जा रहा है। और रामदीन गरीबों का स्तर ऊँचा

करवाने में लगा है। उसके कहने पर ही बड़े-बड़े सेठों ने मज़दूरों को अतिरिक्त भत्ते दे दिए। वास्तव में वह रामदीन की निगाह में उसके विचारों के अनुरूप बनने का दिखावा कर रहे थे। रामदीन ने इस दुनिया का अध्ययन बहुत पास से किया है वह इसकी बारीकी जानता है।

आज रामदीन को अपना रुपया लेना है, टिकट दिखाना है, चारों ओर सेठ उसकी आवभगत में हैं यह कैसा मायाजाल है कि एक मज़दूर के चारों ओर यह सेठों की भीड़।

रामदीन का विचार है माया महाठगिनी और जब टिकट को मैनेजर ने किसी मशीन में लगाकर देखा तो उसे वह नकली-सा लगा और संयोगवश एक और व्यक्ति अपना पहला इनाम होने का दवा कर रहा था लोगों में खलबली-सी मच रही थी रामदीन को अपने आसपास से भीड़ छँटती-सी नज़र आयी।

आज नकली टिकट बेचनेवाले को पकड़ा गया है और रामदीन फिर वही पुरानी ढप पर है। सेठ उसे दुत्कार रहे हैं रामदीन मन में कहता है कि अब क्यों नहीं कोई मेरे से भाषण देने को कहता? अब क्यों नहीं कोई दावत देता उसे यह सोचते, अपने पर ही हँसी आती है कि कहाँ वह मज़दूर, कहाँ दस लाख और कहाँ भत्ता बढ़ानेवाले सेठ जो उसे दुत्कार रहे हैं और मज़दूर तो सराहना कर रहे हैं कि क्षणिक तो लाभ हुआ।

सेठों को उसके टिकट के नकली होने पर दुःख है क्योंकि उन्होंने उसका विश्वास पात्र बनने के लिए काफी प्रयत्न किये थे और उनके विचार में वे शायद पाँच लाख तो हथिया ही लेते।

रामदीन की वही पुरानी ढपली है और वही राग पर आज उसे इस बात का संतोष है कि वह दोनों सीढ़ियों पर कदम रख चुका है उसे लगा कि यह सब अपना-अपना भाग्य है।

बेगानों में अपनों की खोज

जब कभी भी मैं एकांत में सोचने बैठता हूँ तो अतीत की अनेक यादें मस्तिष्क में चलचित्र-सी बनकर गुजरने लगती है पर उन सबमे एक चित्र मेरी आँखों के सामने ठहर जाता है। वह चित्र एक ऐसा चित्र है जिसे मैं यदि भूलना भी चाहूँ तो नहीं भुला सकता। यह चित्र है मेरे अभिन्न मित्र रणधीन की पत्नी का।

बात उस समय की है जब हम गुलाम थे देश की स्वतंत्रता को अंग्रेजों ने जंजीरों से जकड़ रखा था। मैं भी उस समय एक नवयुवक था, हम लोग लखनऊ के पास ही एक गाँव भोजपुरा में रहते थे। मेरे पिता खेती करते थे और हमारे खेत के पास ही रणधीर के पिता खेती करते थे मैं और रणधीर मानों भाई-भाई थे। आजादी पाने की चाह हम दोनों के जवान दिलों में भी थी हमारा खून अंग्रेजों के अत्याचारों को देखकर खौल उठता था और रह रहकर मन में कुछ कर दिखाने को आता था। हम दोनों नित्य नयी योजनाएं बनाते थे और बिगाड़ते थे। माता-पिता हमारी बातों से अलग अपनी खेती में ही व्यस्त रहते थे वे समझ न पाते थे कि हम क्या योजना बना रहे हैं।

पर एक दिन हमने सबके सामने यह दिखा दिया कि हम भी कुछ है हुआ यह कि अंग्रेजों की एक स्पेशल ट्रेन हमारे गाँव के पास से गुजरती थी जिसमें सभी अफसर और अंग्रेजों की सरकार के प्रमुख कर्मचारी सफर किया करते थे। हमने पूर्व नियोजित योजना के अनुसार पटरी को तोड़ दिया और दूर झाड़ी में छिप गये। ट्रेन आने को हुई हमारा दिल धक-धक करने लगा। पर आजादी पाने की इच्छा से एक नयी शक्ति मिली। ट्रेन उलट गयी और चीख-पुकार मचने लगी। ऐसे में हम भागे और पसीने लथपथ घर पहुँचे। माँ-बाप कुछ भी अहसास न कर सके। हमें सारी बात बतायी तो हमें ऐसी डांट पड़ी कि पाँच दिनों तक घर से न निकलने दिया गया।

अगले दिन सारे गाँव में यही चर्चा थी। हम दोनों की कारस्तानियों का पता सभी लोगों को लग चुका था। अतः उन्होंने काफी सोच-विचारकर हमारी स्वतंत्रता की आकांक्षा के इन विद्रोहों को दबाना चाहा और अंत में हम दोनों की शादी कर दी।

कुछ दिनों के बाद फिर हम अपने कार्य में संलग्न हो गये। अब हमारे साथ कुछ और नवयुवक भी संगठित हो गये। हम लोगों ने कई अंग्रेज अफसरों की पटाई की और गोली काण्डों में मार भी दिया।

अब तो माता-पिता ने हार कर हमसे कुछ कहना-सुनना भी छोड़ दिया। हमारी पत्नियाँ अलग परेशान हो गयीं। तब हमने घर पर भी कुछ समय रहना शुरू कर दिया। हमारे प्रयत्न दिन पर दिन बड़े पैमाने पर बढ़ते ही जा रहे थे। एक दिन हमने एक असेंबली में बम फेंककर अंग्रेजों की जान ले ली। पर दुर्भाग्यवश पकड़ लिए गये। हमारे ऊपर विभिन्न अभियोग लगाये गए और हमें एक कठोर जेल में ठूँस दिया गया।

जेल में भी हम सभी साथी एक ही कमरे में थे, कमरा क्या दरबा था, जिसमें बस एक ऊपर रोशनदान था और उसमें से भी कभी दिन में एक बार चूने में मिले हुए चावल फेंक दिये जाते थे। चूना खा-खाकर आंते कटने लगी। यघपि चंद दानों से पेट नहीं भरता था और हम मरणासन्न अवस्था में आने लगे।

एक दिन लाशों को उठाने के लिए दरवाज़ा खोला गया और मैं भी उनमें निर्जीव बनकर बाहर आ गया। लाशें समुद्र में डाल दी गयीं और मैं बेहोश-सा किसी तट पर आ लगा। रह-रहकर मुझे रणधीर की याद आ रही थी। जो चाहकर ही बाहर न आ सका था।

जहाँ मैं आकर लगा वहीं से मैंने बिना टिकट लम्बा रेल का सफर तय किया और लखनऊ से पैदल गाँव पहुँचा। मेरी दशा बड़ी बदतर थी। रास्तेभर थोड़ा-बहुत इधर-उधर से माँगकर खाया था। अब बाल बिखरे मैं फटेहाल अवस्था में था।

गाँवभर में मैं घूमा पर कोई पहचान न पाया। आखिर मैं अपने घर पहुँचा और सब कुछ बताया। कुछ दिन बाद ही अखबार में जेल (जिसमे हम रह रहे थे) के सब कैदियों के मरने की खबर आयी। बस क्या था सभी रणधीर की मृत्यु के शोक में रोने लगे भाभी पर तो दुःख का जैसे पहाड़ टूट पड़ा था। उसने चूड़ियाँ तोड़ डाली और गांववालों ने मेरे लाख आश्वासन पर कि रणधीर भी मेरे जैसे ही निकल गया होगा भाभी को विधवा बनने पर मजबूर कर दिया।

अब भी देश की आजादी की लहर ज़ोर पकड़ रही थी पर मुझे अपने दाये हाथ रणधीर की कमी खल रही थी और उत्साह में नरमी-सी आ गयी थी। मुझे भाभी को विधवा वस्त्र में देखकर रोना आता था क्योंकि केवल मैं ही समझता था कि वह विधवा नहीं है केवल विश्वास था कि रणधीर जिन्दा है पर गाँव के महापण्डित लोगों ने तो खुलेआम प्रत्यक्षदर्शी बताकर भाभी को विधवा बना दिया था मानों उन्हें इसी में मजा आता हो।

रणधीर के माता-पिता ने तो जवान बेटे की मौत का कारण भाभी पर थोपकर उसका जीवन नरक कर रखा था। कभी मार, कभी डांट से भाभी के घायल मन को ठेस पहुँचाना उनका काम था। बात-बात पर डांट मार या कटु शब्द कि "तूने बेटे को मार दिया" दयनीय बातें अक्सर भाभी के साथ करते थे। कभी कभी तो खाना तक नहीं दिया जाता था और बेचारी बेजुबान-सी सारे गम सह लेती थी।

स्वतंत्रता संग्राम में करीब-करीब हमारी विजय हो रही थी और अंग्रेज भागने लगे थे। ऐसे में रोज उन क्रांतिकारियों के नाम आते जो छोड़ दिए गये थे रणधीर के माता-पिता को रणधीर का नाम न सुनकर क्रोध आता जिसका नतीजा भाभी को भुगतना पड़ता। भाभी को कभी डंडों तक से मार खानी पड़ती।

आखिर अंत तो हर एक चीज का है ही एक दिन मार न सह सकने के कारण वह मूक प्राणी दुनिया से कूच कर गयी। विध ााता की करनी कहिये कि अगले ही दिन रणधीर का गाँव में आगमन होता है। घर में अपने सब हाल बताकर कि कैसे उसको इतने दिन इधर-उधर छुपकर दिन काटने पड़े वह नज़रों को इधर-उधर घुमाकर कुछ टटोलता-सा नज़र आता है।

हमें मालूम है वह क्या खोज रहा है, पर शायद वह हमारी आँखों से उत्तर पा गया है अब उसका मन अपने से ही पूछ रहा है कि उसने क्या खोया, क्या पाया? आजादी पायी कुछ खोकर और जो खोया वह कभी नहीं मिलेगा, हाँ कभी नहीं...।

एक पढ़ा लिखा अनपढ़

हिमालय की तलहटियों में बसे इस गाँव को लक्ष्मणपुर के नाम से जाना जाता था। यहाँ पर मंदिर व कथावाचकों की कोई कमी न थी क्योंकि सारा गाँव धर्मपरायण था और मंदिर की अधिकता थी।

इसी गाँव का किसान भोला बड़ा ही मसखरा था, वह अनपढ़ और गँवार था। एक बार गाँव में एक बड़े मंदिर में कथा का आयोजन हुआ। कथा के इस कार्यक्रम में पाँच दिन लगने थे। भोला इसमें बड़ा उत्सुक था।

पंडितजी कथा बाँच रहे थे और भोला उनके मुँह पर लगे चश्मे को ध्यान से देख रहा था। बड़े ही कौतुहल में भोला के मन में आया कि अगर मैं यह कथा पढ़ सकूँ तो कितना अच्छा हो। इस बात के दिमाग में आते ही वह कथा के खत्म होने का इंतजार करने लगा क्योंकि इसे पढ़ने के कार्य में पंडितजी भोला के विचार से सिद्ध हस्त प्रतीत होते थे और फिर उसको इससे अच्छा गुरु कहाँ मिलता।

कथा के समाप्त होते ही भोला ने पंडितजी से पूछा, "आप यह ऐनक क्यों लगाते हैं? इससे क्या लाभ होता है?"

पंडितजी फौरन बोले कि "भाई। ऐनक! इसके कारण ही तो मैं पढ़ पाता हूँ बिना इसके तो एक अक्षर नहीं पढ़ सकता।"

पंडितजी की बात सुनते ही मानों भोला की गुत्थी सुलझ गयी वह प्रसन्नता से भर उठा कि केवल ऐनक ही पढ़ने का कारण है तब तो मैं भी पढ़ सकूँगा। इस विचार के आते ही भोला को भविष्य के सपने से आने लगे कि जब वह ऐनक लगाकर बैठेगा तो सब गाँववाले उसके पास ही पढ़वाने आयेंगे।

शहर जाने के लिए भोला ने पर्याप्त धन एकत्र किया और ऐनक के लिए भी रुपयों का पूरा बंदोबस्त अलग से करके वह शहर की ओर चल पड़ा।

शहर में पहुँचते ही वह दुकानों को ताकने लगा जहाँ पर ऐनक मिलती हो। काफी देर की ताक-झाँक के बाद आखिर एक दुकान पर ऐनक का चित्र बना देखकर भोला उसमें घुस गया।

दुकानदार ने उससे काम पूछा तो भोला रौब में आकर बोले, "हमें ऐनक चाहिए।"

दुकानदार ने भोला को आदरपूर्वक कुर्सी पर बैठाकर सामने चार्ट टाँगकर पढ़ने को कहा।

भोला बोले, "नहीं पढ़ावत।"

दुकानदार ने लेन्स को लगाया पर फिर वही 'नाहि पढ़ावत' का उत्तर पाकर सभी के लेंस बारी-बारी से लगाये। पर वहाँ पर तो 'नाहि पढ़ावत' के अतिरिक्त कोई उत्तर न था।

अब दुकानदार ने सोचा कि यह शायद हिंदी न जानता हो इसलिए उसने उर्दू का चार्ट लगाया और लेंस लगाने शुरू किये पर फिर वही भोला महाराज की 'नाहि पढ़ावत' को सुनकर उसने हारकर अपनी दुकान के सभी चार्ट विभिन्न लेंसों के साथ भोला को दिखाये पर फिर वही टका-सा जबाव पाने पर दुकानदार आश्चर्य में पड़ गया और फिर भोला को गौर से देखता हुआ बोला कि "तुम पढ़े-लिखे भी हो या नहीं?

"हाँ! क्या! कहा! पढ़े-लिखे, अरे अगर हम पढ़े ही होते तो यहाँ आते क्या? हमें तो बस तू एक पढ़ी-लिखी ऐनक दे दे यह चारट-वारट हमें नाहि समझ में आवेंगे।" भोला ने बड़ी मासूमियत से कहा।

इतना सुनना था कि दुकानदार की हँसी के मारे पेट में बल पड़ गये और उसको कभी अपने पर व कभी भोला पर खिसियाहट आने लगी वह भोला से बाहर जाने को कहने लगा।

इधर भोला दुकानदार को ताकते हुए बाहर जाकर बोले कि "शायद यहाँ ऐनक थी ही नहीं बावला हमें बेकार ही परेशान कर रहा था।"

गलतियों का एक एहसास

"कौन-सी पीटूँ?"

"हरी ही पीटो।"

शशांक पूरा निशाना लगाकर गोली मारता है पर निशाना चूक जाता है।

"भई! अब तो एक भी नहीं बची। मैं तो चला।" यह शशांक का स्वर था। "अरे! अब कि नहीं तो अगली बार हाथ मारोगे। लो, यह दस गोली और पूरा एक रुपया पचास पैसा पूरा हो गया।" सतीश बड़ी आत्मीयता भरे स्वर में बोला।

"ना बाबा ना, अब तो जितने हैं, उतने ही रहने दो। अपना तो एक भी दाँव नहीं लग रहा है।"

"अरे! ले यह रहे दस कंचे चल शुरू कर।"

सतीश के बहुत ज़ोर देने पर शशांक शुरू कर देता है, परन्तु धीरे-धीरे हार कर फिर खाली हाथ हो जाता है।

"हाँ तो भी। परसों तक डेढ़ रुपया जरूर दे देना।" सतीश जरा गर्वीले स्वर में बोला।

"तुम फिक्र न करो।" यह शशांक का स्वर था।

"अरे शशांक! कहाँ रहा तू इतनी देर? जाने कहाँ-कहाँ घूमता रहता है? चल हाथ-मुँह धोकर पढ़ने बैठ! तेरे पिताजी भी आते होंगे।" माँ ने कहा।

किताबों में सिर गड़ाये शशांक बार-बार डेढ़ रूपये की सोच रहा था।

हाय रे! कैसे पाऊँगा, यहाँ तो फूटी कौड़ी भी नहीं है। माँ तो देने से रही और पिताजी तो किसलिए चाहिए? का वाक्य पहले कहेंगे। कैसे होगा? और मैं भी कितना मूर्ख हूँ उस बेईमान सतीश के चढ़ाने पर उधार करता ही गया। पता नहीं, निशाना भी क्यों नहीं लगा? हाय! अब क्या होगा? यह सभी विचार शशांक के दिमाग में चक्कर काट रहे थे।

शायद पिताजी आ गये, साईकिल की आवाज़ सुनते ही शशांक समझ जाता है।

"अरे शशांक! चल उठ खाना खा ले। आज तो बहुत पढ़ लिया। तेरे पिताजी तो खा चुके हैं।" माँ आटे के हाथ मसलते हुए बोली।

"अभी आया।" कहकर शशांक मस्तिष्क से डेढ़ रूपये निकाल ही देना चाहता था पर कल तक डेढ़ रूपये का बंदोबस्त न हुआ तो क्या होगा? सतीश तो बस कचूमर ही निकल देगा।

अचानक रात को बिस्तर पर लेटे-लेटे शशांक के दिमाग में एक विचार कौंधता है। क्यों न पिताजी की जेब से ही रूपये निकाले जायें। कोट तो खूँटी पर ही टंग रहा होगा। पर हाय छीः छीः में चोरी करूँगा। पर सतीश की मार।...

रात अंधेरी हो रही थी और शशांक के मन में विचारों का अर्न्तद्वन्द चल रहा था। आखिर चोरी के विचार ने विजय पायी और शशांक ने देखा कि सब सो गए हैं। वह चुपचाप चारपाई से उतरा, जरा-सी चरमराहट हुई और शशांक सतर्क डरा-सा खूँटी के पास पहुंच गया। घबराहट के मारे उसका बुरा हाल था। जाड़े में भी मुँह पसीने से भीगा था खूँटी पर टँगे कोट में से उसने एक-एक करके दो नोट निकाले और घबराहट में झटपट चारपाई की ओर भागा पर जल्दी में ठोकर खाकर गिर पड़ा। आवाज़ हुई पर माँ या पिताजी में से कोई न जगा काँपता हुआ शशांक चुपचाप रज़ाई में घुस गया और सोने की कोशिश, पर नींद कहाँ? यहाँ तो मारे घबराहट के सारी नींद भाग गयी थी।

सुबह उठते ही शशांक जल्दी ही तैयार हो गया और नोट देखे, जो एक-एक के ही थे। संतोष की साँस लेकर वह सीधा सतीश के घर पहुँचा और उसका डेढ़ रुपया देकर आठ आने वापस ले लिये है।

खुशी-खुशी स्कूल जाकर शशांक अपने मन में हल्कापन महसूस कर रहा था। परन्तु किसी उत्सव के कारण मिठाई बाँटकर स्कूल की छुट्टी हो गयी।

शशांक जब घर पहुँचा, तो घर में माँजी व पिताजी में गरम-गरम बहस चल रही थी।

"दो रूपये आखिर गए कहाँ, कल ही तो सरिश बाबू से मांगकर लाया था, सोचा था कि कल तो तनख़ाह मिल ही जाएगी तो दे दूँगा। यह रुपया तो अवश्य चाहिए सोचा था आज शशांक के जन्मदिन पर मिठाई आ जाएगी। पर यहाँ तो रूपये ही नदारद है।" पिताजी गुस्से में कहे चले जा रहे थे।

"कहाँ चले जायेंगे? घर में तीन प्राण है। मैंने लिए नहीं, शशांक वह क्यों हाथ लगाने लगा।" माँ उन्हें समझाने का प्रयत्न कर रही थी।

शशांक के घर में घुसते ही बहस मानों बंद-सी हो गयी। माँ

ने शशांक से पूछा पर शशांक साफ मुकर गया। पर आज के इस वार्तालाप को सुनकर वह आत्मग्लानि से भर गया था। जी में आया अपराध कबूल कर लें पर साहस न हुआ।

"अरे शशांक! इन रद्दी कागज़ो में तू क्या कर रहा है?" माँ की आवाज़ आती है।

"कुछ भी तो नहीं", शशांक साफ टाल-सा जाता था।

"बस! अब हो गए पूरे पचास लिफाफे।" लाइन से सने हाथों को कपड़े से पोंछता हुआ शशांक कहता है वास्तव में शशांक ने रद्दी कागज़ को काट-छँटकर इतने लिफाफे तैयार कर लिए थे।

बाज़ार जाकर शशांक इन लिफाफों को डेढ़ रूपये में बेच आया था। पिताजी ऑफिस बंद होने की वजह से घर पर ही थी। वे नाश्ते के साथ-साथ अखबार भी पढ़ रहे थे। आज उन्हें दो रूपये का काफी मलाल था। अचानक उन्होंने शशांक को सामने सिर झुकाये अपने आगे खड़ा देखा।

पिताजी प्रश्नसूचक दृष्टि से उसकी ओर देखकर बोले, "क्यों क्या बात है, ऐसे क्यों खड़े हो?"

शशांक भाव-विह्वल हो उठता है और दो रुपए उनकी गोद में डालकर एकदम पैरों को पकड़कर रोने लगता है। आँसुओं की धारा से ही पिताजी कुछ-कुछ समझ जाते हैं।

शशांक उसको सारी बातें-रो-रोकर बता देता है। पिताजी उसे कंधे से पकड़कर ऊपर उठाकर भर्राये स्वर में बोले," बेटे! आज मैं बहुत खुश हूँ। तुमने अपना अपराध स्वीकार करके, अपने उन मानोभावों को फिर से जगाया है। जिन्हें कि तुम चोरी करके कब का भुला चुके थे। इन चंद काँच के टुकड़ों के लिए जुआ और उधार भविष्य में कभी न करना। यह रूपये मैं तुम्हें ही देता हूँ।" यह कहकर पिताजी उसे गले लगाकर प्यार करते हैं।

शशांक की गीली आँखों में दृढ़ निश्चय उभर आता है, कभी कोई गुनाह न करने का। गुनाह हाँ, चाहे छोटा-सा ही क्यूँ न हो।

गुमराहों के गुनाह

आज अभी तक रोमी नहीं आया, जाने क्या बात है? जरा तुम देखना तो शायद स्कूल में गाड़ी न पहुंची हो।

"अरे भाई ड्राइवर को मैंने खुद भेजा था, तुम कहती हो तो देख लेता हूँ।" यह कहकर संतोष उतरने लगता है पर तभी रोमी कार का गेट खोलकर उतरता दिखाई देता है, संतोष रोमी की गोद में उठाकर ऊपर आता है।

"लो सुधाजी आपका लाडला बेटा आ गया है, जिसके एक मिनट की देरी भी उसके डैडी को सीढ़ियाँ उतरवा देती गई।"

"डैडी-डैडी आज मिस ने टेस्ट लिया था हमको सबसे ज्यादा नम्बर मिले हैं मिस ने हमको खूब प्यार किया।"

"देखा सुधा, हमारा बेटा पढ़ाई में बिल्कुल अपने डैडी पर गया है।" "कितना झूठ बोलते हैं, चाहे सारे साल गुल्ली-डण्डा खेला करते होंगे, फिर भी अगर तुम्हारे ज्यादा नंबर आये तो मेरे ऊपर गया है ऊ! हूँ।"

"अच्छा बाबा अब तो माफ करो मेरी ही गलती थी।"

"रोमी बेटा, अब जल्दी आया के पास खाना खाकर आओ।"

"पर डैडी, आज हम पिक्चर जायेंगे, चलेंगे न आप?"

"बेटे यह विभाग तो तुम्हारी मम्मी को सौंप रखा है, भई यही तो गृह एवं वित्त मंत्री है। उनकी परमीशन से ही हमने आज दफ्तर से छुट्टी ली है।"

"डैडी मम्मी ने ही तो कहा है। अब तो वही वाली पिक्चर देखेंगे, हीरो होगा कौन था डैडी क्या नाम है"

"राजेश खन्ना", संतोष संक्षिप्त-सा उत्तर देता है।

"देखो सुधा पौने तीन बजने को है फिर न कहना कि पिक्चर छुटवा दी।"

"मैं तो कब से तैयार हूँ बस जरा रोमी सूट पहन रहा है।"

रोमी जल्दी से भागकर कार का दरवाज़ा खोलता है "डैडी हमें कार चलाना सीखा दोगे न?"

"हाँ बेटा, बस जरा बड़े हो जाओ फिर देखना नयी कार दिलवायेंगे, बेटाजी को।"

तीनों बाते करते हुए सिनेमा हाल पहुँचते हैं रोमी एक पोस्टर की तरफ अंगुली उठाकर ज़ोर से कहता है, "डैडी देखो वही हीरो है राजेश खन्ना।"

"हाँ भई हाँ, अब जल्दी चलो नहीं तो सीट नहीं मिल पायेगी।"

पिक्चर देखने के बाद रोमी काफी उछल-कूद मचाकर कहता जा रहा है-

"डैडी कितनी अच्छी पिक्चर थी न, कैसे राजेश खन्ना उन बदमाशों को मारता है खूब ज़ोर से ढिशुम।"

पास ही काफी भीड़ में भिखारियों की आवाज़ें आती हैं। "अल्लाह! के नाम पर एक पैसा दे दो, भगवन तुम्हारा भला करेगा।" अचानक कुछ भिखारी उनको घेर लेते हैं और रोमी किसी तरह सबको पैसा देता है।

"देख सुधा तुमने, कितना दया भाव है हमारे बेटे के दिल में।"

"हाँ-हाँ देख रही हूँ कि कुछ दिनों से चीजे बाँटने की ट्रेनिंग भी तुम इसे दे रहे हो।"

"मुझे थोड़ी शॉपिंग करनी है, तुम जरा रोमी का हाथ पकड़े रहो यहाँ काफी भीड़ है"

"अरे देखना यह साड़ी कितनी सुन्दर है, तुम भी पसंद कर लो तो खरीद लेती हूँ।"

रात के आठ बज चुके थे और बाज़ार में भीड़-भाड़ बहुत अधिक थी, बिजली के प्रकाश में बड़ा ही रंग-बिरंगा वातावरण फैला हुआ था। रोमी जो कि मम्मी-डैडी की पसंद या नापसन्द से बोर हो चुका था। एक ओर चल देता है। वहाँ एक भिखारी को देखकर हाथ में रखी चवन्नी देने लगता है पर हाथ बढ़ाते ही वह उसकी सूरत देखता है तो सहम जाता है आखिर था तो आठ साल का अबोध बालक ही।

बड़ी-बड़ी मूँछे और धनी दाढ़ी के बीच छुपा काला चेहरा जिस पर बड़ी-बड़ी खूँखार-सी आँखें, मैले-कुचैले कपड़ों से लिपटा यह भिखारी रोमी को डरा-सा देता है और वो एकटक सुन्न-सा अनंत में खो जाता है।

परन्तु अचानक भिखारी बड़ी ही दयनीय आवाज़ में उससे पूछता है, "तुम्हारे माता-पिता कहाँ है" रोमी दूर दुकान की ओर संकेत कर देता है।

भिखारी और भी विनम्र होकर पैसे डालने के लिए अपनी झोली में से बर्तन निकालने के लिए रोमी से कहता है।

भिखारी की दयनीय और करुण आवाज़ से रोमी का दिल दया से भर जाता है अब उसके मन का डर कम हो गया था। वह झट बर्तन निकालने के लिए झुकता है, पर यह क्या? उसके झुकते ही भिखारी उसका मुँह पकड़ कर कपड़ा ठूँस देता झोली में बंद करके चल देता है।

भयावह घोर अँधेरे रास्ते पर भिखारी एक-एक कदम धीरे-धीरे रखता हुआ। उसके कंधे पर था एक मासूम बालक का बेहोश शरीर जो मुँह कपड़ा ठूँसते ही चेतना शून्य-सा हो गया था।

"अरे रोमी कहाँ है" सुधा इधर-उधर देखती हुई संतोष से कहती है।

"हाँ! अभी तो यहीं था, पता नहीं कहाँ चला गया?" संतोष भी घबराये स्वर में कहता है।

इतना कहने के बाद ही दोनों आस-पास का सारा बाज़ार छान मारते हैं, दोनों के चेहरों पर घबराहट और अप्रत्याशित के भाव चिन्ह है पर रोमी वहाँ हो तो मिले भी। सुधा तो बेहोश-सी होने लगती है उसके मुँह से बस एक ही शब्द रोमी-रोमी निकल रहा था। संतोष का भी धैर्य टूटता जा रहा था, और क्यों न टूटे आखिर उनका केवल छह साल का प्यारा एकलौता बेटा था।

हड़बड़ाये से वे दोनों इधर-उधर घूमने के बाद पुलिस स्टेशन चले गए।

"हम आपके बच्चे को ढूँढने की पूरी कोशिश करेंगे, आपका फोन नंबर तो वन वन जीरो टू फाइव है न, हम आपको पूरी सूचना देते रहेंगे, कृपया धैर्य रखें रोमी को भगवान ने चाहा तो हम जरूर ढूँढ लेंगे।" पुलिस इंस्पेक्टर उनका साहस बढ़ाता हुआ कहता है।

घर आकर सुधा का तो रो-रोकर बुरा हाल था, बार-बार उसके सामने रोमी का भोला चेहरा धूम जाता था मानों कह रहा हो, मम्मी मुझे बचा लो।

इधर वह भिखारी जो बच्चे पकड़ने वाले गिरोह का सरदार और शहर का माना हुआ हुआ बदमाश रैबू था और रैबू दादा के नाम से पुकारा जाता था, रोमी को लेकर एक टूटे-फूटे मकान में जाता है। जहाँ पहले से ही कई व्यक्ति उपस्थित होते हैं। कमरे में धुंधला-सा प्रकाश हे।

"कहो रैबू दादा, क्या कोई मोटी रकम पकड़ लाये हो?"

"हाँ, यही कोई दस-बारह हजार की है। पर यार बच्चा बड़ा सीधा है, जरा भी चीं-चपड़ नहीं की सीधे से आ गया।"

"अरे क्यों नही आएगा, आखिर पकड़ने वाला भी तो सैकड़ों को पकड़ने का तजुर्बा रखता है, क्यों दादा क्या मैं गलत कहता हूँ।" एक व्यक्ति कहता है।

"अच्छा-अच्छा अब जल्दी एक फिरौती के लिए दस हजार की पर्ची बना, मैं इसका पता वगैरह सब जानता हूँ।

रात के बारह बजे हैं, संतोष व सुधा गम की तस्वीर बने कमरे में खड़े आपस में एक-दूसरे को कोस रहे थे कि खिड़की का शीशा तोड़ता हुआ एक पत्थर आता है जिस पर एक पर्ची बंधी है। संतोष काँपते हाथों से उसे पकड़ता है और पढ़ना शुरू करता है।

मि. संतोष, अगर रोमी को जिन्दा माँगते हो तो दस हजार रूपये किशनगंज के तीसरे मकान में दो दिन के अंदर पहुँचा देना, बच्चा सकुशल मिल जायेगा, अन्यथा तुम समझदार हो, पुलिस को साथ लाने की बेवकूफी करने पर बच्चे का सिर ही मिलेगा, कटा हुआ।"

रैबू दादा

पत्र पढ़ते-पढ़ते संतोष का खून सर्द-सा होने लगता है। अब रूपये देने या न देने पर बात रुक जाती है, सुधा का कहना था कि रूपये दे देते हैं पर संतोष मना कर देता है और दिल कड़ा करके पुलिस स्टेशन पर फोन कर देता है। पुलिस का दस्ता फौरन ही खोजबीन में सक्रिय हो जाती है।

इधर रोमी स्थिति से पूर्णतया परिचित हो चुका था और बात समझ रहा था। यघपि वह छोटा था पर भाग निकलने की काफी तरकीबें उसके दिमाग में आ रहीं थी।

आज रोमी के पहरे पर केवल एक ही आदमी था और बाकी लोग कहीं गए हुए थे। गिरोह आज ही रोमी का फैसला करके बम्बई जाने वाला था कि अचानक रोमी अपनी एक योजना को क्रियान्वित करने की सोचता है और अपने ऊपर पहरे पर लगे आदमी से बहुत प्यास लगने का बहाना बनाकर पानी माँगता है, वह आदमी पानी लेते जाता है तो बाहर से ताला लगा जाता। बस रोमी भी तैयार हो जाता है और दरवाज़े से सट जाता है। जब वह आदमी पानी लेकर दरवाज़ा खोलकर कमरे में बढ़ता है तो रोमी अपने हाथ में पकड़ी सलाख ज़ोर से उसके सिर पर मारता है यह रोमी का भाग्य था कि आदमी गिर पड़ता है अब तो रोमी सलाखों की झड़ी लगा

देता है वह व्यक्ति तो पूरी तरह चेतना शून्य हो जाता है। रोमी उसे बाँधकर बाहर से ताला ठोकर आ जाता है और किसी दुकान से फोन करने की सोचता है कि तभी उसे टेलीफोन बूथ दिखाई पड़ता है। और वह फोन कर पुलिस को बुलवाने के लिए टूटी-फूटी जानकारी से मकान की स्थिति बताता है।

इधर पुलिस का दस्ता फौरन वहाँ पहुँच जाता है और रोमी से हाल जानकर वहीं छुप जाता है थोड़ी देर बाद रैबू दादा सभी बदमाशों के साथ आ रहे होते हैं कि पुलिस उन्हें गिरफ्त में ले लेती है।

रोमी को संतोष व सुधा को सौंपते हुए पुलिस इंस्पेक्टर उसकी साहस कथा बताता है और अपनी ओर से एक उपहार भी उसको देता है और कहता है कि वास्तव में रोमी पुरस्कार पाने योग्य है क्योंकि जो कार्य हम दो दिन में न कर सके वह इसने पाँच मिनट में कर दिखाया।

आज सुधा व संतोष की खुशी का पारावार न था। सुधा की हालत तो मुरझाये फूल को पानी मिल जाने की सी थी।

तभी डैडी अब साड़ियाँ इतनी न पसंद करते रह जाइएगा। रोमी तपाक से कहता है।

सुधा व संतोष उसे उठाकर चूम लेते हैं। "नहीं बेटा" और तीनों हंसने लगते हैं।

प्यार मिटता नहीं कभी

हॉस्टल की लाइट चले जाना कोई नयी बात नहीं थी। थोड़ी ही देर में लगभग सभी कमरों में मोमबत्तियों का जलना शुरू हो गया।

सलीम के लिए कमरे से बाहर निकलकर कॉरीडोर में चहलकदमी करने के सिवा और कोई चारा न था हॉस्टल के सामने की बिल्डिंग में एक बार तो लगा दो कमरों में लाइट जल रही थी फिर ध्यान आया अरे, वहाँ तो जावेद और अनवर रहते हैं, जरूर एमरजेंसी लाइट जल रही होगी।

गर्मी के मौसम में पता नहीं कहाँ से इतने मच्छर आ जाते हैं। अब तो न कमरे में जाते बनता है और न यहाँ खड़े होते चलो सामने के बगीचे में ही टहल आता हूँ। कमरे में ताला लगाकर सलीम चल दिया।

कल तक फीस जमा करनी है, हॉस्टल के मैस का बिल भी नहीं दिया है। पता नहीं क्यों अब्बा ने पैसे नहीं भेजे इस बार, कोई चिट्ठी भी नहीं आई, क्या करूँ कुछ समझ नहीं आ रहा?

यहाँ हॉस्टल में रहकर सलीम बी.एस.सी. तो कर रहा है पर इसके आगे क्या करना है अभी कोई निश्चय नहीं है सलीम के पास।

"अरे सलीम क्या बात है, कल के प्रैक्टिकल के लिए तैयारी तो करनी ही है।" सलीम की आवाज़ कुछ दब-सी गयी।

"चल मैस में चलकर चाय पीते हैं।"

"सलीम साहब, आपका दो महीने का बिल बकाया हो गया है, मैनेजर साहब ने कहा है कि अगर पंद्रह तारीख तक पैसे जमा नहीं करे तो रजिस्टर से आपका नाम कट जायेगा।" चाय के गिलास मेज पर रखते हुए मैस ब्वॉय ने कहा।

"बॉस चाय पियो ठंडी हो जाएगी।" उस्मान ने मानों कुछ सुना ही न हो।

सलीम को पता था कि जानबूझकर उस्मान ने मैस ब्वॉय की बातों को अनसुना किया है उसे याद है कि सौ रूपये अभी उस्मान का उधार बाकी उस पर। सही मानों में यह उस्मान का बड़प्पन था की कभी उसने यह बात याद नहीं करायी। अब क्या कहुँ किसी से कि मोमबत्ती तो क्या माचिस भी नहीं है।

अँधेरे कमरे में सलीम को अक्सर रातें बितानी पड़ी हैं, और ऐसे में मच्छरों से ज्यादा सवाल उसे परेशान करते हैं।

"अब्बा इस बार पैसे बचा नहीं पाये होंगे या हो सकता है कि घर में कोई बीमार पड़ गया हो।"

"सलमा पाँचवी जमात पास करके घर में ही बैठी होगी।"

शाकिर और सुलेमान मदरसे में नहीं जाते होंगे! अम्मी की तबियत खराब ही रहती होगी।

अभी इन सवालों से उबरने की कोशिश कर ही रहा था सलीम कि दाये से बाये करवट लेते ही अब गाँव से अलग नये सवालों ने घेर लिया उसे।

"मैस का बिल न दिया तो खाने-पीने का क्या होगा? फीस जमा न कर पाने के लिए महीने भर ही मोहलत फिर माँगनी पड़ेगी, अब जबरदस्ती ही सही जावेद और अनवर से दोस्ती करनी पड़ेगी। गंदी आदतें है तो क्या हुआ? ये ज़रूरी नहीं कि मैं उसमें उनका साथ दूँ और फिर अपने नोट्स उन्हें दे देना कोई कम बात तो नहीं।"

अब सबसे ज्यादा ज़रूरी तो ये मैस का बिल है।

"नरगिस के अब्बा ने ट्यूशन क्यों छुड़वा दी? अरे इम्तिहान खत्म हो गये थे तो क्या हुआ? छुट्टियों में भी पढ़ाई होती है। किसी स्कूल के टीचर से ट्यूशन पढ़वाते तो छुट्टियों के भी पैसे लेता ग्यारहवीं क्लास की लड़की को फिजिक्स, कैमेस्ट्री पढ़ाना कोई मज़ाक नहीं है और वो भी दो सौ रूपये महीने पर।"

एक बार कोशिश तो की थी कि मिर्जा साहब दो सौ की जगह तीन सौ कर दें। मैं तो बायोलॉजी पढ़ने के लिए भी तैयार हो गया था पर देखो इतने अमीर होते हुए भी कंजूसी इतनी कि कह दिया अगर दो सौ रूपये में ट्यूशन नहीं पढ़ा सकते तो हम कोई दूसरा रख लेंगे।

अब क्या करता मैस का बिल तो देना ही था और अमीर बाप की बेटी है उधार ही तो लिए हैं फिर लौटा देंगे ये सोचकर अपने आप को दिलासा दिया सलीम ने। लगे हाथों उस्मान के सौ रूपये भी लौटा दिए। फीस के लिए तो अर्जी देने पर एक महीने की मोहलत मिल ही गयी।

चार मोटी-मोटी मोमबत्तियाँ और माचिस सलीम के कमरे की शोभा बढ़ा रहीं थी, कितना हल्कापन लग रहा था आज और ये सब नरगिस की बदौलत। कैसी प्यार भरी नज़रों से देखती है। मन करता है देखता ही रहूँ। देखो कैसे पाँच सौ रूपये दे दिए और

सख़्त हिदायत दी कि किसी को मत बतलाना।

सलीम को याद है कि पिछले जाड़े में जब भीषण ठंड पड़ी थी तो नरगिस ने अपना ही स्वेटर उसे दे डाला था और जबरदस्ती मफलर उसके गले में डाल दिया था। वरना वो जाड़ा काटना तो मुश्किल हो जाता और सलीम मियाँ तो ले-दे के इन दो सालों में एक पेन ही दे पाये थे नरगिस को। दिल दुखता है उस बात को याद करके, कि जैसे ही नरगिस ने उस पेन से लिखना चाहा कि निब टूट गयी तो क्या हुआ कहकर कितने प्यार से अपने पास रख लिया था नरगिस ने उस पेन को। आज भी उसकी टेबिल पर वह पेन सजा है।

अब्बा का खत तीन-चार बार पढ़ चुका है सलीम, या खुदा जमींदार के साले को भी अभी आना था गाँव में कि अब्बा को नौकरी से निकाल दिया। कहाँ अब्बा सोच रहे, थे कि सलमा के निकाह के लिए जमींदार से पैसे मिल जायेंगे। अब्बा ने लिखा है कि वह गाँव के पास ही तहसील में नौकरी तलाश कर रहे हैं। अम्मी को तीन सौ रूपये महीने पर चौधराइन के यहाँ काम मिल गया है। सलमा टेलर मास्टर के यहाँ काम सीखने जाने लगी है और छोटे भाई शाकिर और सुलेमान, माशा अल्लाह अभी पाँच और सात साल की ही तो उम्र है। मदरसे नहीं तो न सही। उन्हें सलीम भाईजान के शहर से आने का इन्तजार रहता है।

सलीम को लगता है कि शायद वह इन परिस्थितियों से कभी उबर नहीं पायेगा। रोजाना की तरह आज भी यही हुआ। वो किताब में नज़रे गड़ाये बैठा था। पर किताब में लिखे शब्द कुछ अर्थ नहीं दे रहे थे। सोचना और सोचते जाना इसके आगे कुछ नहीं था। कितना सारा कोर्स बाकी पड़ा है कमेस्ट्री, ज्यूलाजी, बॉटनी थ्योरी और ऊपर से प्रैक्टिकल कम से कम तीन-चार घंटे रोज हॉस्टल में पढ़ना ज़रूरी था। मेडिकल के लिए भी पर्चा भरा था क्योंकि इस्लामिया बोर्ड गरीब मुसलिम छात्रों को वजीफे के अलावा पढ़ाई और खाने-पीने का खर्चा भी देता था। शर्त यही थी कि एन्टरेन्स एगजाम में मेरिट पर सेलेक्ट होना है। कम से कम कौम ने मुसलिम गरीब, होनहार छात्रों के लिए इतना तो किया कि डॉक्टर बनने की उम्मीद रखी जा सके। अपने बेतरतीब कमरे में मैली चादर और फटे गिलाफ वाले तकिये पर सलीम कब सो गया उसे पता ही नहीं लगा।

आज सलमा की चिट्ठी मिली। शायद जो बातें अब्बू न लिख सके थे वही सब उसने लिखा था। उर्दू में लिखी इतनी सारी गलतियाँ देखकर सलीम को गुस्सा भी आया सलमा पर और दुःख भी हुआ। अव्वल तो गाँव में लड़कियों को पढ़ने नहीं देते और फिर पढ़ाई मदरसे में कर भी ली तो पाँचवी जमात से आगे पढ़ने के लिए कोई

मदरसा ही नहीं है। सलमा ने लिखा था कि अब्बू से पाँच हजार रूपये का बहीखातों में हिसाब नहीं मिल रहा था तो जमींदार के साले ने घपला करने का इल्जाम लगा दिया। नौकरी से निकाला तो अलग साथ में पुलिस में रिपोर्ट करने की धमकी भी दे डाली। पाँच वक्त के नमाजी बेचारे अब्बू! अब्बू ने जमात में जाना भी छोड़ दिया था। अब सुबह निकल जाते थे काम की तलाश में और शाम को थके-हारे लौटते थे। बिना रमजान के अब्बू के जैसे रोजे हो रहे थे। सलमा ने लिखा था कि इस बेहाली में उमर शेख का लड़का असलम उन लोगों की बहुत मदद करता है। अम्मी बीमार पड़ी तो पुरानी मस्जिद के हकीम साहब के यहाँ से दवा असलम ही लाता था। अब्बू की सारी उम्मीदें भाईजान आप पर हैं हज जाने का ख्वाब भी उन्होंने आपके भरोसे देखा है अब्बू की सख़्त हिदायत थी कि सलीम को कुछ पता नहीं लगना चाहिए फिर भी सलमा अपने आप को नहीं रोक पाई थी और सब कुछ लिख दिया था। जैसे-जैसे सलीम खत पढ़ता आँखों से आँसू टपाटप गिरने लगते। इन आँसुओं से तो कुछ शब्द भी धुंधला गये थे। स्याही फैल गयी थी।

आज रात को सलीम मैस भी नहीं गया बस बिना खाये-पीये हॉस्टल के अँधेरे कमरे में यूँ ही पड़ा रहा।

अब गम घिर आयें तो उन्हें बाँटने के लिए किसी दोस्त का मिलना शायद बिरलों को ही नसीब होता है यहाँ हॉस्टल के या कालेज के दोस्त तो "अरे भाई सलीम बहुत दिन से दिखाई नहीं दिए।" इसके आगे कुछ नहीं।

नरगिस अठारह साल की ही थी, बहुत हमउम्र दोस्त की तरह बहुत बार सलीम ने सोचा और महसूस किया की नरगिस उसको बहुत गहराई से जानती है। आजकल जब ट्यूशन पढ़ाने नहीं जाता था तो उससे मिलने का सवाल ही नहीं।

आज न जाने क्यूँ चलते-चलते सलीम की जेब में पड़ा एक रूपये का सिक्का जैसे उससे कुछ बोल रहा था और फिर न चाहते हुए भी पब्लिक बूथ पर सिक्का डालकर नरगिस का नम्बर घुमा ही दिया उसने, शायद नसीब अच्छा था फोन नरगिस ने ही उठाया। बातें करते-करते कब दूसरा सिक्का न डालने के कारण लाइन कट गयी इसका कोई मलाल नहीं था सलीम को, बस मन कर रहा था कि कब कल शाम के चार बज जायें और कम्पनी बाग के उस पुराने बरगद के नीचे नरगिस से मिलूँ।

"अब अँधेरा हो गया है," नरगिस ने बुरके का पर्दा गिराते हुए कहा।

"बस पाँच मिनट और," सलीम का मन तो कर रहा था कि वक्त ठहर जाए और ये शाम का धुँधलका रात को आने ही न दे।

"अब जिद मत करो सलीम मैं जा रही हूँ। तुम्हें अल्लाह का वास्ता जैसे मैंने कहा है वैसे ही करना। और हाँ, मैंने अब्बू से बात कर ली है। पहली तारीख से तुम्हें ट्यूशन पढ़ाने आना है।"

काले बुरके में लिपटी नरगिस कब अँधेरे में गुम हो गयी फिर भी सलीम की आँखें उस अँधेरे में बहुत दूर तक देखने की कोशिश करती रही जैसे चिनगारी बन उस अँधेरे को रौंदकर नरगिस को खोज लेंगी उसकी निगाहें।

हॉस्टल में लौटने पर सलीम अपने आपको बहुत हल्का महसूस कर रहा था। सलमा के दिये हुए रूपये जाते ही सन्दूक में कपड़े की सबसे नीचे की तह में सहेज पर रख दिये थे उसने।

अल्ला का फजल है लाइट आ रही है। नरगिस के लिए हुए कबाब और रोटियाँ इतना सारा खाने का सामन, न जाने क्यूँ लायी, चलो कल सुबह तक का इंतजाम हो गया सलीम ने सोचा।

रात का एक बज गया फिर भी सलीम का मन और पढ़ने को कर रहा था। अब इम्तिहान भी नजदीक है। प्रैक्टिकल तो अगले महीने ही शुरू हो जायेंगे। सुबह उठना भी है सो जाऊँ या और पढ़ूँ इसी उधेड़बुन में कब नींद आ गयी सलीम को। ये तो सुबह पता लगा जब उस्मान ने कहा, "क्यों भई सलीम मियाँ रात भर पढ़ते रहे, कमरे की बत्ती जलती रही।" अब कुछ कहते न बनता था सलीम से।

"रहमत मियाँ घर में हैं" हरकारे ने दरवाज़ा खटखटाकर आवाज़ लगायी।

"अभी खोलते हैं।" गुसलखाने में कपड़े धोते-धोते सलमा ने ज़ोर से चिल्ला कर कहा।

दरवाज़ा खोलते ही सलमा जमींदार के आदमियों को देखकर भौचक्की रह गयी।

"अब्बा तहसील गए हैं शाम तक लौटेंगे।" सलमा ने बिना किसी सवाल की प्रतीक्षा किये हरकारों को बताया।

"रहमत मियाँ को बोलना जमींदार साहब ने बुलाया है, कल सुबह हाजिर हो जायें। ये कहकर हरकारे चले गये।

"क्यों भई रहमत मियाँ, कुछ रुपयों का इंतजाम हुआ या पुलिस में रिपोर्ट कर दें।"

जमींदार साहब ने ऊँची आवाज़ में कहा।

"हुजूर अल्लाह गवाह है ज़िंदगी में कभी बेईमानी करने की मैं सोच भी नहीं सकता। हो सकता है नवाब हैदर गाँव छोड़ने से पहले हिसाब बताना भूल गये हों और वह खर्चा बही में लिखना रह गया हो।" रहमत मियाँ ने सिर झुकाये बड़ी धीमी आवाज़ में कहा।

"ये बातें आप पहले भी कह चुके हैं और आप जानते हैं कि नवाब हैदर हमारे साले हैं।" जमींदार साहब लगभग डाँटने वाले अंदाज में बोले।

नवाज हैदर जो वहीं बैठे पान की गिलोरी चबा रहे थे अपनी टोपी सीधी करते हुए बोले, "मियाँ अगर पाँच हजार रूपये जमा नहीं कराये तो जेल की हवा खानी पड़ेगी।"

"हुजूर ऐसा न कहें, बरसों आपका नमक खाया है। "रहमत मियाँ लगभग रुआँसे से हो गये।

मियाँ हमने तो सबकुछ नवाब हैदर के हाथ में छोड़ दिया है अब वे ही तुमसे निबटेंगे। जमींदार साहब ने एहसान जताते हुए कहा।

इससे पहले की रहमत मियाँ कुछ बोल पाते नवाब हैदर बोल पड़े, "देखो मियाँ तुम्हारा लड़का सलीम सुना है शहर में काफी कमा रहा है उसी से पैसा मँगा लो।"

"नहीं हुजूर किसी ने गलत इत्तिला दी है। सलीम तो हॉस्टल में रहकर पढ़ाई कर रहा है जोड़-तोड़कर के आपकी नौकरी में रहते हुए हर महीने मैं ही उसे पैसे भेजता था अब न जाने क्या होगा? रहमत मियाँ ने सफाई दी।

"अब मियाँ तुम जाओ और सोच के जवाब दो कि तुम्हारे साथ क्या किया जाये।" जमींदार साहब ने कुछ नरमी भरे अंदाज में कहा।

नसीमन खाला आयी है मिठाई से भरा टोकरा, फलों की पेटी और सलमा के लिए रेशमी गोटा लगा सलवार-कुरता चुनरी साथ ही नन्हें शाकिर और सुलेमान के लिए भी नये रंग-बिरंगे कपड़े हैं। इतना ही नहीं अब्बू के लिए शेरवानी और अम्मी के लिए गुलाबी रंग का शरारा कुर्ता लाना भी नहीं भूली है। सलमा सोच रही थी आखिर क्या खुशखबरी है तभी खाला ने बताया ये सब सामान जमील भाईजान की ससुरालवालों के यहाँ से आया है। अभी हफ्ते भर बाद ही तो उनका निकाह है और खालाजान न्यौता देने आयी हैं।

सभी के नये कपड़े, मिठाइयां और फल देखकर घर में खुशी की लहर दौड़ गयी है। बातों ही बातों में जब ये पता लगा की असलम जमील भाई की होने वाली बेगम का चचेरा भाई है तो न जाने क्यूँ सलमा के दिल में एक मीठी-सी गुदगुदी महसूस हुई और क्यूँ न हो असलम को अम्मी अब्बू सभी पसंद करते थे। यहाँ तक कि शाकिर और सुलेमान के साथ तो असलम की खूब आँखमिचौली होती थी। अब जमील भाई के निकाह में सब रिश्तेदार आयेंगे। एक-दूसरे से मिलना होगा और फिर असलम भी साथ रहेगा। ये सब सोचकर सलमा कुछ शरमा-सी जाती है।

"अरे भई ये सब तो हो गया पर तुम में से किसी को सलीम का ख्याल आया क्या?" अब्बा के स्वर ने एक बार तो सबको चुप करा दिया। नसीमन खाला तो जैसे इसी मौके की तलाश में थी। झट से एक सिल्क का कुरता-पायजामा और एक शेरवानी उनके बैग से निकली।

"ये देखो मियाँ भला सलीम को भी कोई भूल सकता है। अगर सलीम निकाह में नहीं आया तो जमील तो मेरी जान ही ले लेगा।"

बस फिर क्या था अब्बू तो फौरन सलीम भाई को 'तार' करने चल दिए क्योंकि चिट्ठी पहुँचने में तो कुछ ज्यादा ही समय लग जाता है।

आज सलीम की समझ में कुछ नहीं आ रहा था एक अजीब-सी उधेड़बुन में वो था। जमील की शादी में गाँव जाये या न जाये खाला-भाई होने के साथ-साथ जमील उसका बहुत करीबी दोस्त भी था। पर गाँव आने-जाने का खर्चा, सिर पर आ गये इम्तिहान, क्या किया जाये कुछ समझ में नहीं आ रहा था। फिर सलमा की दुःख भरी चिठ्ठी आँखों के सामने आ गयी अब्बू का उदास चेहरा, घर पर आई मुसीबतों का पहाड़ नसीमन खाला का प्यार और जमील की दोस्ती दो दिन जाने में लगेंगे और दो दिन निकाह में।

रात का सफर तय करके बस ने सुबह पाँच बजे दरयाई मोड़ पर उसे उतार दिया यहाँ से गाँव दो कोस है अटैची को कभी इस हाथ में और कभी उस हाथ में लेते लम्बे-लम्बे डग भरते रास्ता यूँ ही निकल गया। अब्बू बाहर ही दातुन करते नज़र आ गये।

"अद्‌दसलाम वाले कुम अब्बू।" सलीम ने बड़े अदब से कहा।

वालेकुम सलाम कहकर अब्बू ने सलीम को छाती से लगा लिया।

कुछ देर यूँ ही खड़े दोनों की आँखों में आँसू आ गये। बिना कुछ कहे कितनी ही बातें आँखों ने कर ली। अब्बा का फटा कुर्ता, बढ़ आई दाढ़ी और मैली-कुचौली टोपी, नंगे पैर, अब्बू को देख स्थिति का जायजा लेने में सलीम को ज्यादा समय नहीं लगा।

जमील का निकाह, नये-नये कपड़े पहने तमाम रिश्तेदार, पटाखे, सारा माहौल रंगीनियों में था। जमींदार साहब और उनके साले नवाब हैदर को भी बुलाया गया था। नवाब हैदर की उम्र जरूर पचास पार कर गयी थी पर आँखों से ताक-झाँक उनके रसिक होने का सबूत दे रही थी। सलमा आज रंगीन रेशमी शरारे में बहुत खूबसूरत लग रही थी।

अचानक सलीम ने हैदर मियाँ को बड़ी बुरी नज़र से सलमा को घूरते देखा लोलुपता की एक अजीबो-गरीबो मिसाल। एक बीवी के मरने के बाद दूसरा निकाह, आठ बच्चे और अपनी अय्याशी के लिए मशहूर नवाब हैदर। इससे पहले कि सलीम कुछ सोच पाता नवाब हैदर ने अब्बू को बुला लिया और उन दोनों में कुछ गरमा-गरमी हुई और हैदर मियाँ का उठकर चले जाना, सलीम को कुछ अजीब-सा लगा।

अपने दोनों हाथों से सिर को थामे अब्बू अम्मी से कुछ कह रहे थे। अपने पास आये शाकिर और सुलेमान को अब्बू ने डाँटकर भगा दिया, "बड़ो की बातों के बीच में बच्चे दखल नहीं देते।"

कुछ-कुछ बात सलीम की समझ में आने लगी थी इससे पहले कि अब्बू कुछ कहते सलीम से वहाँ न रहा गया।

निकाह की खुशी का माहौल इन तीनों के लिए कुछ किरकिरा-सा हो गया था। या अल्लाह, मुझे इस कुफ्र से बचा, मेरे मौला, मेरी इबादत में कौन-सी कमी रह गयी जो तेरे इस नमाजी को यह दिन देखना पड़ रहा है।

"अब्बू यह किसी कीमत पर नहीं हो सकता।" सलीम की आवाज़ थी।

"मैं चौतीना कुएँ में कूदकर जान दे दूँगी।" सलमा ने लगभग चीखते हुए कहा।

"ठीक है फिर तुम्हारे अब्बा जेल चले जायेंगे, सलीम की पढ़ाई छूट जाएगी और शाकिन और सुलेमान आवारागर्दी के अलावा कुछ नहीं कर पायेंगे। मेरे नसीब में तो बस खटना ही लिखा है वो औलाद भी कैसी जो माँ-बाप के काम न आये।"

अम्मी की बड़बड़ाहट खमोशी को चीर रही थी।

अब्बू तो कुछ बोल नहीं रहे थे बिना खाये-पीये आठ बजे ही खटिया में दुबक गये जैसे किसी से आँख मिलाने का उनमें साहस ही न हो अंदर ही अंदर जैसे उन्हें कुछ खाये जा रहा था।

"अम्मी, अब्बू की बात तो छोड़ो पर तुम्हें क्या हो गया है? मैं तो सोच भी नहीं सकता कि तुम इस बात की वकालत करोगी।" सलीम ने समझाने की नाकाम कोशिश की।

आज घर में सिवाय शाकिर और सुलेमान के किसी ने भी खाना नहीं खाया था। अपनी खाट पर पड़े सभी इधर-उधर करवटें बदल रहे थे।

सलीम आज सोचने पर मजबूर था कि खुदा अपने बन्दों को ही सजा क्यों देता है? बेईमानी के माहौल में सच को क्यों दबना पड़ता है? अमीरों की हुकूमत में गरीबों का पिसना ये क्या दुनिया का दस्तूर है? भूखे भेड़ियों से दरिंदों के हाथों अबलाओं की इज्जत का लुटना ये खेल क्या कभी बंद हो पायेगा?

सलीम को पता है कि सलमा और असलम एक-दूसरे को चाहते है। तो क्या हुआ प्यार करना कोई गुनाह तो नहीं है असलम पढ़ा-लिखा है। तहसील में अच्छी नौकरी है। उसके अब्बा का अपना घर और बीस बीघा जमीन भी है अम्मी की मौत के बाद असलम की शादी के लिए उसके अब्बू जल्दी में है ताकि कोई संभालने वाला तो हो।

एक मीठी-सी याद नरगिस की सलीम के मन में उभर आयी। कोई उसका अपना है वो किसी का है, ये प्यार की दौलत अल्लाह खुशनसीबों को ही बख्शता है। नरगिस उसकी रफिके हयात होगी। अब डॉक्टर का एग्जाम तो देना ही है क्या पता डॉक्टर ही बन जाऊँ?

नींद तो आ नहीं रही थी। ये सब सोचते बार-बार बीच में सलमा का उदास चेहरा सामने आ जाता था मानों वह कह रही हो, "भाईजान मुझे इन दरिंदों से बचाओ वरना मैं खुदकुशी कर लूँगी।"

सलीम अचानक उठ जाता है फिर पानी पीकर खटिया पर बैठे-बैठे एक निश्चय करता है कि वो किसी कीमत पर सलमा को इस आग की भट्ठी में झोंकने नहीं देगा। अरे सलमा पाँचवी जमात पास है उम्र यही कोई अठारह साल, अब कहाँ वो अय्याश नवाब हैदर। अब्बू और अम्मी सलमा के निकाह की उस जालिम से सोच भी कैसे सकते हैं।? क्या सच्चाई की कोई कीमत होती है? और इंसानी इंसाफ क्या खत्म हो गया है? क्या पैसे और ताकत के बल पर अब्बू को झूठे इल्जाम में जेल पहुँचा दिया जायेगा? इन सब ख्यालों की दीवारों ने सलीम को घेर-सा लिया था।

आज तीन दिन हो गये गाँव में, सलीम शहर न जा सका था। बस सवाल पर सवाल और सोच पर सोच अम्मी और अब्बू से कितनी मर्तबा बहस हो चुकी थी। अम्मी का बार-बार कहना, "क्या तुम्हारे अब्बू को जेल जाने दें। और फिर सलमा का उदास चेहरा, इस घर में आज कोई बेखबर था तो वो शाकिर और सुलेमान अपनी मौज-मस्ती में मशगूल।

हर बार की तरह सारे सवालों के जवाब सलीम को नरगिस के सामने खड़ा कर देते थे। एक वही थी जो उसे समझती थी। न जाने क्या सोचकर सलीम ने वापस हॉस्टल जाने का निश्चय कर लिया।

"या अल्लाह! मैं तो घबरा ही गयी थी। वो तो अच्छा हुआ तीसरी बार अब्बू की जगह मैंने फोन उठाया।" नरगिस ने सलीम की घबराहट देखते हुए कहा।

एक-एक करके सिलसिलेवार घटनाओं का जिक्र सलीम करता रहा और नरगिस के चेहरे पर शिकन बढ़ती रही।

"अरे सलीम तुम सोच भी कैसे सकते हो कि तुम्हारी बहन उस जल्लाद के हाथों में चली जायेगी, अभी भी कानून है, इंसाफ पूरी तरह मिट नहीं गया है। इंसानियत अभी बाकी है मेरे मामा का लड़का मुराद भाई दो साल पहले आई.पी.एस. में सलेक्ट हुआ था और वो पुलिस कप्तान है। मैं उनसे बात करुँगी।"

अभी सड़क के किनारे खड़े सलीम और नरगिस की बातचीत चल ही रही थी कि एक कार आकर रुकी। अब्बू का तमतमाया चेहरा देखकर नरगिस के होश उड़ गये।

"मियाँ अगर फिर कभी नरगिस के साथ नज़र आये तो हमसे बुरा कोई न होगा।" नरगिस के अब्बू मिर्जा साहब की गुस्से से भरी आवाज़ ने सलीम को हताश कर दिया। उसका चेहरा मानों सर्द सफेद हो गया कदम जहाँ थे वही जड़ गये।

मिर्जा साहब नरगिस को कार में बिठाकर ले गये फिर एक और कार सलीम के पास आकर रुकी। ये तो उसके हॉस्टल के अमीरजादे जावेद और अनवर थे।

"मियाँ सलीम कहाँ घूम रहे हो? हम तुम्हें ही ढूँढ रहे हैं।" जावेद और अनवर ने लगभग एक साथ कहा और सलीम को कार में बिठा लिया।

"भई सलीम कल के प्रैक्टिकल के लिए तुम्हारी सख़्त ज़रूरत है अब तुम्हीं हमारी कल की तयारी करा सकते हो।" जावेद और

अनवर की बात सुनकर सलीम को अपने होशियार होने का अहसास हुआ और मन आत्मविश्वास से भर गया।

सलीम, सलीम जरा रुको, उस्मान चिल्लाता हुआ भागकर सलीम के पास आया, "तुम्हारे गाँव से तार आया है जाकर वार्डन के ऑफिस से ले लो।"

उस्मान की बात सुनकर एक बार तो सलीम हक्का-बक्का रह गया। एक साथ बहुत सारे सवालों ने उसे घेर लिया। क्या बात हुई होगी? क्या सलमा ने खुदकुशी कर ली? अब्बू ने जान दे दी या अब्बू जेल चले गए? क्या नवाब हैदर से सलमा का जबरदस्ती निकाह होने जा रहा है? यही सब बातें सोचते हुए सलीम ने गुलाबी रंग के उस तार को खोला पर उसमें इतना ही लिखा था कि जल्दी घर आ जाओ। सलीम के सवाल, सवाल ही रह गये।

गाँव पहुँचकर सलीम को पता लगा की पुलिस स्टेशन में उसको और अब्बू को बुलाया गया है शहर से कप्तान साहब आने वाले हैं अब्बू घबरा रहे थे। कल से उन्होंने पानी भी न पिया था। कहीं कोई उम्मीद की किरण सलीम के दिमाग में आयी कहीं ये नरगिस के मामुजात भाई मुराद तो नहीं है? अभी अब्बू से कुछ बताना ठीक न होगा ये सोचकर सलीम चुप रहा। पुलिस स्टेशन में जाकर पता लगा कि नवाब हैदर हवालात में बंद है उन पर एक बारह साल की लड़की के साथ बलात्कार करने का आरोप लगा था। जमींदार साहब भी वहीं बैठे हुए थे और उनकी तमाम कोशिशों के बावजूद नवाब हैदर की जमानत न हो पाई थी। सबसे पहले सलीम को कप्तान साहब ने बुलाया वर्दी पर लगा नेमप्लेट पर मुराद अहमद पढ़कर सलीम के मन में नरगिस से हुई बातें ताजा हो आयीं।

"सलीम भाई मुझे नरगिस ने सब-कुछ बता दिया है आपके वालिद को एक दरखास्त देनी होगी उसमें तफसील से इस जमींदार का जिक्र करना होगा और हाँ आप फिक्र न करें अब सलमा इस बदमाश नवाब के चंगुल से छूट गयी है।" कप्तान साहब ने बड़े प्यार भरे लहजे में कहा।

वक्त की तेज रफ्तार में दिन कब गुजर गये, असलम के अब्बू की जल्दबाजी करने पर सलमा का निकाह हो गया और वो विदा भी हो गयी। मुराद साहब की सिफारिशों से अब्बू को तहसील में बहुत अच्छी तनख़्वाह पर नौकरी भी मिल गयी। ये सब कुछ इतना जल्दी हो जायेगा सलीम ने सपनों में भी न सोचा था। एक सबसे बड़ा नुकसान सलीम के इम्तिहान न दे पाने का हुआ था क्योंकि गाँव में ही पंद्रह दिन गुजर गये थे।

शहर आकर अब सिवाय मेडिकल का इम्तिहान देने के सलीम के सामने और कोई चारा न था। नरगिस के अहसानों के बोझ तले दबा सलीम न उससे मिल सकता था और न फोन ही कर सकता था। नरगिस के अब्बू का वो गुस्से में तमतमाया चेहरा और उनकी सख़्त हिदायत याद करके सलीम काँप उठता था।

आज हॉस्टल की डाक में दो चिट्ठियाँ सलीम को मिली। मेडिकल के रिजल्ट वाला लिफाका देखकर सलीम ने पहले उसे ही खोला मारे खुशी के उसकी आँखों में आँसू आ गए। उसने टॉप किया था।

दूसरी चिट्ठी नरगिस की थी। जिसकी हर लाइन पढ़ते हुए सलीम के होठ काँप रहे थे और आँखें आँसुओं से भर आई थी। नरगिस को सलीम के साथ देखने के बाद उसके अब्बू ने आनन-फानन अमेरिका में रह रहे एक दूर के रिश्तेदार से उसका रिश्ता तय कर दिया था और ये खत उसने दिल्ली से लिखा था जहाँ से अगले दिन उसको हवाई जहाज से अमेरिका जाना था। निकाह अमेरिका में होगा।

खत नरगिस ने रोते-रोते लिखा था ये खत की फैली हुई स्याही बता रही थी नरगिस ने यह भी लिखा था की उसने मुराद भाई को सब बातें तफसील से बता दी है उसे यकीन था कि इन्शाह अल्लाह सब ठीक हो जायेगा।

नरगिस ने लिखा था कि वो जहन से उसकी थी और रहेगी जिस्मानी तौर से वो दूसरे की होने जा रही है। सलीम मैं जानती हूँ तुम मुझे नहीं भुला पाओगे तुम मेडिकल की तैयारी खूब मेहनत से करो। मेरी दिली ख्वाहिश है कि तुम डॉक्टर बनो।

नरगिस के लिए ये शब्द कितने सही थे। चिट्ठी में तारीख लिखना नरगिस शायद भूल गयी थी या जानबूझकर नहीं लिखी थी। लिफाफे पर लगी डाकखाने मोहरों से भी सलीम तारीख का पता नहीं लगा पा रहा था।

वार्डन के ऑफिस से जब वो बाहर निकला तो खुले आकाश में मानों कोई तन्हा सितारा खामोशी से टिमटिमा रहा था।

साल दर-बदर गुजरते गये कभी न रुकने वाला समय अपनी गति से घटनाक्रमों को कालचक्र में चलाते आगे बढ़ता रहा।

हॉस्पिटल में आज बहुत अधिक भीड़ थी। सोमवार का दिन डॉ. सलीम का आपरेशन डे है। जी हाँ डॉ. सलीम शहर के जाने-माने हॉर्ट सर्जन है और बाई पास सर्जरी करने में उनका कोई मुकाबला नहीं है। ऑपरेशन लिस्ट में मिर्जा साहब का नाम देखकर

एक क्षण तो डॉ. सलीम ख्यालों में खो गये मानों नरगिस उसके सामने आकर खड़ी हो और कह रही हो, "सलीम आज तुम्हारा इम्तिहान है। आज अब्बू की जान बचाकर शायद तुम मेरे सारे अहसान चुका दोगे। कुछ क्षणों में ही डॉ. सलीम ने अपने आपको व्यवस्थित कर लिया और ऑपरेशन रूम में पहुँच गये।"

सफल ऑपरेशन के बाद मिर्जा साहब को आज हॉस्पिटल से डिस्चार्ज होना है।

"सर यही है डॉ. सलीम जिन्होंने आपकी जान बचायी।" नर्स ने डॉ. सलीम की ओर इशारा करते हुए मिर्जा साहब से कहा।

आज वो नज़रें एक-दूसरे से बरसों बाद मिली। डॉ. सलीम मिर्जा साहब का वो गुस्से से तमतमाया चेहरा कभी भुला न पाए थे और मिर्जा साहब भी अपने आपको न रोक पाये जहाँ एक ओर मिर्जा साहब की आँखों में आँसू निकले वही गला रुँध गया। चाहते हुए भी वो कुछ न कह पाए और डॉ. सलीम को गले से लगाकर फक-फकाकर रो दिये।

डॉ. सलीम हतप्रभ थे। कभी ज़िंदगी में ये मुकाम भी आएगा इसकी उन्होंने कल्पना न की थी। बस डॉ. सलीम को अगर कुछ दिखाई दे रहा था तो वो था नरगिस का चेहरा, नरगिस कुछ बोल रही थी पर डॉ. सलीम सुन नहीं पा रहे थे उसकी आवाज़...।

जीवन में यदि प्यार न भी मिल पाए फिर भी भावनाओं का साथ व्यक्ति को क्या-क्या अनुभव कराता है। वक्त के साये में गिरती दीवारों के बीच कहाँ क्या खो गया यह तो एक खालीपन ही बता सकता है।

डॉ. सलीम आज ज़िन्दगी के दोराहे पर सोच रहा है नरगिस क्या थी उसके लिए एक प्यार, भावना या एक उद्देश्य।

बेगाने शहर में अपनापन

मुंबई में ज़िंदगी के पंद्रह सालों का सफर तय करके बहुत सारी यादों, अनुभवों और किस्सों के साथ इस अनजान कलकत्ता शहर में आया। पिछले छह महीनों में भी न शहर मुझको, न मैं इस शहर को पहचान पाया। कहाँ खो गयी वह अंग्रेजों की व्यापारिक राजधानी और स्वतंत्र भारत की सांस्कृतिक राजधानी। ज़िन्दगी बहुत ठहरी हुई लगी। इतने अधिक ठहराव की कल्पना नहीं की जा सकती। सभी कुछ जो हो, जैसा है, यह शायद मूल्य बन गया है। फिर भी इतिहास से मैं मुँह नहीं मोड़ पाता। बरबस नेताजी सुभाषचंद्र बोस, गुरु रवीन्द्रनाथ टैगोर, सत्यजीत राय और न जाने कितने महापुरुषों की जीवनियाँ जो बचपन में पढ़ी थी उनसे कलकत्ता को अलग कर पाना उम्र के इस बयालिसवे साल में असम्भव है।

मेट्रो रेल ने कलकत्ता को आधुनिकता में अग्रणी बनाया, पर सार्वजनिक छुट्टियाँ मनाती यह रेल, इसका शोर और मुंबई की तुलना में इसकी उपयोगिता पर लगे प्रश्नचिन्ह। दमदम स्टेशन तक पहुँचने का रास्ता संकरी गलियाँ, टूटी सड़के, बंद पड़े एस्केलेटर और बेइंतहा गंदगी-ये सब चीजें यकीनन मुझे मेट्रो रेल के सफर से हतोत्साहित कर देती हैं। गर्मी शायद मुंबई और इस महानगर में बराबर हो पर हाँ मापदंड बदल गये। दस पैसे के सिक्के का चलन, साईकिल रिक्शा, हाथ रिक्शा चलाता नंगे पैर अर्धनग्न आदमी, जिसकी पसलियाँ देखी जा सकती हैं। मन नहीं करता इस अनुभव के लिए जहाँ आदमी आदमी को खींच रहा हो। बहुत दूर हिंदुस्तान के कोने में बसे बीकानेर शहर की याद आती है जहाँ अभी भी पुराने राजाओं की मान्यताओं को मानते हुए अन्धविश्वाश से जकड़े लोग साईकिल रिक्शा तक नहीं चलने देते।

एक महानगर इतना सस्ता भी हो सकता है जहाँ दो रुपए में पेट भरा जा सके। कभी सोचिये कि आप सब्जी की दुकान पर एक आलू, एक बैगन, एक प्याज, दो हरी मिर्च खरीद रहे हैं। यहाँ एक रूपये का आटा और एक रूपये के चावल भी मिल जायेंगे। सोचने को मजबूर हो जाता हूँ कि आज भी एक रूपये का मूल्य है।

दुर्गापूजा पंद्रह दिनों का एक लम्बा समय। मानों शहर थम गया है बड़बड़े विशाल मंडप, बहुत महँगी मूर्तियाँ और सजावट-रात में जगमगाता शहर, बहुत लम्बी कतारें, बेइन्तहा भीड़। सिवाय पूजा के शायद और कोई कार्य महत्वपूर्ण नहीं रह जाता। चाहे वह बैंक हो या सरकारी कार्यालय और निजी संस्थान। मुंबई के गणपति उतसव

का पर्याय समझिए। बस फर्क यही है कि जहाँ मुंबई दौड़ता है, वहीं कलकत्ता ठहर जाता है।

एयरपोर्ट के बाहर लोगों की लम्बी-लम्बी कतारें नहीं। यह विदेश जाने वाले लोगों की नहीं है। एक उत्साह है, ललक है, हवाई जहाज देखने की। एक शांत वातावरण कहीं आभास नहीं देता कि यह एक अन्तर्राष्ट्रीय हवाई अड्डा है लम्बी लाइनें, घंटों की प्रतीक्षा के बाद टिकट खरीदकर फिर दर्शकदीर्घा से हवाई जहाज विहीन रनवे देखकर भी न जाने क्यों निराशा नहीं होती, चलो, बिल्डिंग तो देख ली।

यह आत्मकथ्य शायद अधूरा ही रह जाएगा। अगर हावड़ा स्टेशन पर काटी उस रात का जिक्र न करूँ, जिस ट्रेन से लोगों को लाना था। उसका समय सुबह साढ़े तीन बजे के लगभग था। सोचा, जब रात दस से साढ़े दस बजे के बीच कोई सवारी मिलना मुमकिन नहीं है तो क्यों न रात स्टेशन पर ही काटी जाये। वहाँ चहल-पहल तो होगी ही। हाँ, चहल-पहल तो थी, पर ग्यारह बजते-बजते बाहर की दुकानें बंद होने लगी। सोचा था, चाय पीते-पीते रात कट जायेगी और सिगरेट प्लेटफार्म पर नहीं मिलेगी, पर क्या पता था कि स्टेशन ही सो जायेगा। टैक्सियों की कतारों ने स्टेशन को घेर लिया था। सारे टेलीफोन पब्लिक बूथ, सिवाय एक के, एक रूपये का सिक्का डालने पर भी नहीं बोल रहे थे। आश्चर्य तो तब हुआ जब शौचालय पर भी ताले लग गये। बारह बजते बजते स्टेशन के अंदर सोने वालों की लम्बी लाइनें। देर तक खड़े-खड़े थक गया तो रुमाल बिछाकर टेक लगाने की जगह बड़ी मुश्किल से मिली। कहीं ट्रेन लेट तो नहीं। यह सोचकर एन्क्वायरी काउण्टर पर गया। पर वहाँ कोई व्यक्ति नहीं था। अचानक कुछ चहल-पहल दिखाई दी। मालूम पड़ा कि स्टेशन की पानी से धुलाई हो रही पर यह धुलाई वास्तव में उस गंदगी भरे वातावरण को साफ करने की दिशा में एक प्रयत्न भी न था। डेढ़ बजे के बाद अचानक ध्यान आया की प्लेटफोर्म टिकिट तो दो ही घंटे के लिए होता है क्यों न दूसरा ले लूँ। पर यह क्या? सारे काउण्टर बंद पड़े थे। प्लेटफार्म टिकिट तलाशते-तलाशते एन्क्वायरी काउण्टर पर एक आदमी सोता हुआ मिला। खिड़की में लगे काँच के छोटे छेद से हाथ की लम्बाई की माप-तौल करते मैं उसे जगाने में कामयाब हो गया।

समझ आने वाली बांग्ला में उसने कहा, "हमें क्या पता, ट्रेन कब आयेगी, ट्रेन के आने से आधा घंटा पहले मालूम करना। यह जवाब कुछ अटपटा लगा, पर बहस करने की गुंजाइश नहीं थीं। आरपीएफ और पुलिस के जवान बहुत बड़ी संख्या में बेंचों पर सो रहे थे। पर उनके खर्राटों की आवाज़ नहीं सुन पाया। पहले तो सोचा कि शायद

दिनभर डयूटी करके रात हो जाने के कारण थककर सो रहे होंगे, पर सभी को वर्दी में देखा तो लगा शायद डयूटी पर हैं। ट्रेन आने के ठीक आधा घंटा पहले एन्क्वायरी ऑफिसर के ब्लैक बोर्ड पर ट्रेन का टाइम देखकर मेरी खुशी का ठिकाना न था। पर एन्क्वायरी क्लर्क अभी भी, नदारद था। न जाने कब इतना बड़ा ब्लैक बोर्ड लिख डाला। सैकड़ों सोए हुए लोगों को बिना सामान के पाकर लगा कि शायद घरों के अभाव में यह उनका रैन-बसेरा है। साढ़े तीन बजे स्टेशन पर टैम्पो और कारों का सिलसिला शुरू हो गया। एक बहुत अच्छी सुविधा देखी कि कार प्लेटफॉर्म तक आ सकती है गर्म-गर्म चाय पीते हुए मालिश करने वाले लोगों को अधसोए लोगों को मालिश करते देखता रहा। अब गर्म चाय मिल रही थी और सिगरेट भी उपलब्ध थी। मुंबई याद आई जहाँ सिगरेट बेचने पर रेलवे प्लेटफार्म पर प्रतिबन्ध लग गया। हावड़ा स्टेशन और यह रात मुझे हमेशा याद रहेगी।"

मौसम गर्मी-सर्दी-बरसात प्रकृति पर अपना वश नहीं है पसीना न सूखने वाली आर्द्रता बारिश में भीगने का मन और बहुत अधिक जाड़े का आनंद न ले पाने की विवशता। बरसात में सड़कों पर भर आया पानी शहर ही धीमी गति को मानों रोक देता है फिर सस्तेपन की बात आ गयी। जहाँ एक ओर शहर के एक कोने से दूसरे कोने पर मात्र तीन रूपये में बस दूसरे कोने पर पहुँचा देती है।

ट्राम सुना करते थे मुंबई में कभी माहिम, दादर और सेन्ट्रल तक चला करती थी पर यहाँ आज भी मौजूद है। ट्रैफिक जाम एक आम बात लगती है कभी शहर आधे घंटे में पहुँचेंगे या दो घंटे में- कुछ फर्क नहीं पड़ता। सब चीजें शहर की प्रतीक्षा कर रही होती हैं।

इस शहर को भ्रष्टाचार ने शायद इतना नहीं छुआ है। शौचालय जाने के लिए 10 पैसे का शुल्क और 10 रूपये देने पर 8 रूपये 89 पैसे वापस करता कर्मचारी, बस में वापस मिलती चवन्नी, सिगरेट खरीदते समय दस पैसे वापस करता पनवाड़ी, रिक्शेवाले से 49 पैसे के लिए बहस, दुकान पर पैकेट पर लिखी हुई कीमत से 1-2 रूपये कम में मिला सामान, टैक्सी में मीटर से किया भुगतान, सरकारी दफ्तर में जल्दी काम न होने की अपेक्षा, दोपहर में चार घंटे बंद हुआ बाज़ार और जो मिल गया उसी में संतोष। ईमानदारी केवल व्यावहारिक नहीं आत्मिक भी है।

बंद पड़ी और बंद होती फैक्टरियाँ, वो चिमनियाँ जहाँ से कभी धुँआ निकलता था। आज भी अंग्रेजों के नामों पर बनी सड़कें और भवन ब्रिटिश राज की याद दिलाते हैं नये नाम रखने और उससे राजनीतिक लाभ उठाने का कोई लालच नहीं जहाँ एक ओर राइटर्स

बिल्डिंग और फोर्ट बिलियम और उससे लगा विक्टोरिया मेमोरियल हैं, वही स्वतन्त्रता सेनानियों की याद दिलाता विनय-बादल-दिनेश (बी.बी.डी.) बाग शायद शहर का एक क्रेंद्रबिंदु है।

देश का धर्म के नाम पर विभाजन हुआ था और भाषा को लेकर राज्य बने। कलकत्ता शहर इन सब बातों से अलग अपने अस्तित्व में सभी को समाए हुए है-फिर चाहे यहाँ उत्तर भारतीय या बांग्लादेश से आए हुए लोग हों, भाषा कोई भी हो इसका मोह नहीं है भाषा की लड़ाई लड़ रहे प्रदेशों से अलग आजादी की अर्द्ध शताब्दी के बाद भी अंग्रेजी यहाँ की 'राजभाषा' रही। न जाने कैसे दो माह पहले बांग्ला को राजभाषा बनने का गौरव प्राप्त हुआ। पूर्वी पाकिस्तान बनने से पहले पूर्वी और पश्चिमी बंगाल की याद दिलाता प्रदेश का नाम आज भी 'पश्चिम बंगाल' है बावजूद इसके कि पश्चिमी शब्द की पिछले 42 सालों में कोई सार्थकता नहीं है। मद्रास से 'चेन्नई', बंबई से 'मुंबई' त्रिवेन्द्रम से 'तिरुअनन्तपुरम' कलकत्ता इस नाम परिवर्तन में नहीं रहा। अब जहाँ भावुकता में कोलकाता नाम भी दिया है तब भी अंग्रेजी के 'कलकटा' और हिंदी के 'कलकत्ता' से कोई परहेज नहीं है।

भावुकता मानवीय सम्बन्ध विचार, आध्यात्मिकता, बुद्धि जीवी, कला, संगीत, और साहित्य-ये सभी शब्द कलकत्ता की कलकत्तावासियों की धरोहर है। मुँह से बोले गए शब्दों का, वाक्यों का बहुत अधिक महत्व है दिमाग का दिल से कुछ ज्यादा गहरा रिश्ता है शब्दों के अर्थ ढूँढने की और उनके पीछे छिपी भावना को समझने की बहुत ही विलक्षण प्रतिभा यहाँ के निवासियों में है यह शहर आपको अपनाने के लिए तैयार है देखना यह है कि आप कितना अपना सकते हैं इस शहर को।

किंकतर्व्यविमूढ़- सा मैं आज बहुत सारे प्रश्न लिए खड़ा हूँ जिनके उत्तर इस कलकत्ता शहर के लोगों में, हुगली नदी के पानी में, शहर की छाती को चीरती सड़कों में और ट्राम की पटरियों में छुपे हैं। आगे बढ़ने की तमन्ना लगता है इस शहर में अभी बाकी है, क्योंकि सौ मंजिली बिल्डिंग का सपना अब अखबारों में पढ़ने को मिलता है।

खुशबू कागज़ के फूलों की

बहुत पुराने समय की बात है अन्तः पुर नामक राज्य में एक चक्रवर्ती राजा राज्य करता था। उसके तीन पुत्र थे। बड़े पुत्र तो साधारण कार्य कुशल थे। परन्तु तीसरा पुत्र शक्तिसेन न केवल बुद्धिमान था वरन बहुत अच्छा तीरन्दाज भी था। राजा अपने छोटे पुत्र शक्तिसेन को बहुत प्यार करता था।

राजा के तीनों पुत्र की उम्र जब शादी के लायक हुई तो राजा ने एक दिन सुबह अपने लड़कों को महल के सबसे ऊपर बुलाया और उनके हाथों में साधारण तीर-कमान देते हुए कहा बच्चों, तुम्हारी अब शादी लायक उम्र हो गयी है। तुम तीनों अपने बाणों को चलाओ वे बाण जहाँ भी गिरें उन्हें ढूँढ़कर लाओ। जहाँ वे बाण गिरेंगे उसी प्रान्त के राजा की लड़की से तुम्हारा विवाह करूँगा। तीनों राजकुमारों में से शक्तिसेन को छोड़कर उसके भाइयों ने अपनी मन-पसंद जगह बाण फेंके पर शक्तिसेन बाण बहुत दूर फेंका जो कि बहुत ढूँढने पर भी नहीं मिला। राजा ने शक्तिसेन से कहा बेटा तुम बाण दुबारा फेंक सकते हो पर शक्तिसेन ने मना कर दिया कहा मैं अपने बाण को खोजकर ही आऊँगा।

अन्तः पुर को पार करके शक्तिसेन दूसरे प्रान्त में पहुँचा और वहाँ जंगलों को पार करता हुआ वह जा रहा था कि अचानक उसने कराहने की आवाज़ सुनी। वह जहाँ से आवाज़ आ रही थी उस ओर गया वहाँ एक लोमड़ी दर्द से कराह रही थी व इसका बाण एक और पेड़ के पास पड़ा था, चूँकि लोमड़ी का घाव गहरा हो चला था। यह देखकर शक्तिसेन को उस लोमड़ी पर दया आ गयी। वह उस लोमड़ी की सेवा करने लगा और पिता के पास यह संदेश भिजवाया कि मैं अब अज्ञातवास करूँगा क्योंकि यही उत्तम है।

इस प्रकार राजकुमार शक्तिसेन लोमड़ी को साथ लेकर जंगल में एक खाली झोपड़ी देखकर उसमें रहने लगा और लकड़ियाँ काटकर उनको बस्ती में बेचकर अपना निर्वाह करने लगा।

लोमड़ी से उसे अत्यधिक स्नेह हो गया लोमड़ी को हर तरह से खुश रखने का प्रयत्न करता था।

एक दिन जब शक्तिसेन लकड़ी बेच रहा था तो अपनी झोपड़ी में कुछ परिवर्तन नज़र आया वह झोपडी के अंदर गया तो यह देख हैरान हो गया कि वहाँ पर एक अद्वितीय सुंदरी खड़ी थी। शक्तिसेन ने उससे पूछा तुम कौन हो और यहाँ क्यों आई हो? मेरी लोमड़ी कहाँ है? वह सुंदरी हँसी और कहा मैं ही वह लोमड़ी हूँ।

एक जादूगर ने मुझसे कहा था कि जब भी कोई पुरुष स्नेह करेगा तो तुम अपनी योनि में आ जाओगी। अब आपकी कृपा से मैं स्त्री बन गई हूँ। मैं भी कौशल देश की राजकुमारी हूँ। परन्तु मेरे पिता को मारकर मंत्री ने मेरे राज्य को हड़प लिया है।

शक्तिसेन लकड़ी बेचकर जो पैसा लाता था उनसे उनका गुजारा नहीं हो पाता था। इसलिए एक दिन राजकुमारी ने उससे कहा आप आज के पैसों से बाज़ार के कुछ रंगीन कागज़ ले लाइए। मैं कागज़ के बहुत अच्छे फूल बना लेती हूँ। राजकुमारी के बनाये आकर्षक फूलों को लेकर वह बाज़ार में गया। लोगों ने कागज़ के फूल को कभी नहीं देखा था। इस कारण उन्होंने मुँहमाँगे दामों पर फूल खरीदे।

जब दरबारी लोग शक्तिसेन से फूल लेकर दरबार में गए तो राजा को वे फूल अत्यधिक पसंद आये और उसने दरबारियों से पूछा यह फूल तुमको कहाँ से मिले? इस पर दरबारियों ने कहा कि एक आदमी यह फूल रोज लाता है।

शक्तिसेन को यह पता था कि यह उसके पिता का देश है इस कारण वह भेष बदलकर फूल बेचने जाता था। राजा ने अब रोज उससे फूल लेने का नियम बाँध लिया। एक बार राजा ने उससे पूछा कि यह फूल क्या तुम ही बनाते हो? इस पर शक्तिसेन ने कहा कि हाँ सरकार यह फूल मैंने ही बना रखे हैं।

यह सुनकर शक्तिसेन ने कहा सरकार मैं दो दिन की मोहलत चाहता हूँ। राजा मान गया। शक्तिसेन रोता हुआ उदास मन से अपने घर पहुँचा और राजकुमारी से सारी बातें कह दी। इस पर राजकुमारी ने कहा इसमें दुःख की क्या बात है। तुम रात को छुपकर आ जाया करो व दिन में वहीं रहा करो मैं तुमको फूल बनाकर दे दिया करूंगी। शक्तिसेन को यह सुनकर दुःख तो हुआ पर वह मजबूर था। इस प्रकार उसे महल से बाहर रहने के लिए एक कोठरी मिल गयी। वह रोज रात को आता व सुबह होने से पहले फूल लेकर जाता था।

एक बार सारा दरबार शोक में डूबा था क्योंकि बड़े युवराज की मृत्यु हो गयी थी। रात्रि का समय था सारा राज्य शोक के अंधकार में डूबा हुआ था ऐसे ही समय में राजा अपने महल में था। अचानक उसके मन में अपने छोटे पुत्र की याद उभर आयी और वह उसकी याद में कराह उठा। उसी समय उसके मन में अन्तरध्वनि आयी। तेरा छोटा पुत्र ही सेवक है राजा एकदम परेशान हो उठा और सोचने लगा कि कौन-सा सेवक मेरा पुत्र हो सकता है। अचानक उसे फूलवाले की याद आयी। राजा ने सोचा उसकी आवाज़ भी मेरे पुत्र से मिलती है पर दूसरे ही क्षण में सोचा मेरा पुत्र वह नीच नहीं हो सकता। दोनों

भावनाओं में संघर्ष चलता रहा अंत में पुत्र मोह की ही जीत हुई और राजा ने एक सेवक को कहा फूलवाले को बुलाकर लाओ। परन्तु सेवक कुछ देर बाद लौटा और कहा महाराज वह कोठरी से गायब है। राजा ने कहा जैसे ही वह आये उसे मेरे सामने पेश करो। कुछ देर बाद सेवक शक्तिसेन को पकड़कर ले आये राजा ने बहुत देर तक उसे ध्यान से देखा और देखता रहा। अचानक राजा चिल्लाया और कहा, अपने-अपने असली रूप में आओ पुनः कुछ देर सन्नाटा रहा और शक्तिसेन ने कुछ भी नहीं किया राजा गरजा सेवकों! इसको दाढ़ी उखाड़ लो सेवक उसे असली वेश में लाये।

राजा पुत्र प्रेम से व्याकुल हो उठा और शक्तिसेन को गले से लगा लिया, शक्तिसेन की भी खुशी की सीमा न रही।

कुछ देर बाद राजा ने शक्तिसेन से सब हाल जाना और राजकुमारी को सादर महल में बुलवाया। और एक बार फिर राज्य में खुशी की तुरहियाँ बजी और बजती रहीं।

राजा ने शक्तिसेन से कहा बेटा तुम्हारे बड़े भाई के अत्याचारों से तंग आकर प्रजा ने उसकी हत्या कर दी है। अब मेरे राज्य के उत्तराधिकारी तुम्हीं हो इस प्रकार शक्तिसेन पूरे राज्य का राजा बना।

शक्तिसेन कौशल देश को जीतकर उसके मंत्री को देश निकाला दे दिया व कौशल को भी अन्तः पुर में मिला लिया और राजकुमारी के साथ सुखपूर्वक राज्य किया। लोग उसे सम्राटाधिराज शक्तिसेन कहने लगे।

नसीब अपना-अपना

भरी-पूरी क्लास में अध्यापक को चाँटा मार देने की कॉलेज के इतिहास में यह पहली घटना थी। एक बार तो सुनने पर विश्वास ही न होता था कि ग्यारहवीं का छात्र भी ऐसा कर सकता है।

चटर्जी साहब ग्याहरवी 'ए' के क्लास टीचर थे। आज हाजिरी लेते समय उन्होंने विनोद को कल के सेकेण्ड पीरियड में अनुपस्थिति रहने का कारण पूछा, पर विनोद कोई संतोषजनक कारण न बता सका। चटर्जी साहब मारने-पीटने के उस्ताद समझे जाते थे और आदत के मुताबिक उन्होंने विनोद को बुलाकर उसके लम्बे-लम्बे लहलहाते बालों को खींचा और फिर उनका हाथ विनोद के गाल पर पड़ने के लिए घूमा, पर यह क्या विनोद ने हाथ पकड़ लिया और चटाक की आवाज़ के साथ विनोद का हाथ उनके गाल पर पड़ा। सारी कक्षा स्तब्ध रह गयी। लड़कों को विनोद से तो कम से कम इतने की आशा न थी इस कारण वे भौचक्के थे और चटर्जी साहब के अगले कदम की प्रतीक्षा में थे। विनोद तो कॉपियाँ वहीं फेंककर बाहर चला गया। चटर्जी साहब अब सँभल चुके थे। वे जल्दी से बाहर गये और इधर-उधर देखकर अंदर आते ही रजिस्टर लेकर सीधे स्टाफ रूम की ओर चल दिये।

क्लास में शोर होने लगा और लड़के बाहर निकलकर इस घटना की जानकारी सबको दे रहे थे। इस खलबली में ही उस दिन किसी भी क्लास में पढ़ाई न हो सकी। सबके चेहरे पर एक ही प्रश्नसूचक चिन्ह-सा लग रहा था। चटर्जी साहब तो अब बेइज्जत से हो चुके थे। कॉलेज के सबसे रोबीले टीचर का यह हाल देखकर सब यही सोच रहे थे कि विनोद तो अब कॉलेज से बाहर हो जायेगा पर अब चटर्जी साहब कैसे मुँह दिखा पायेंगे। उनके पास इससे ठोस कदम तो है ही नहीं!

चटर्जी साहब इंटरमिडियेट सेक्शन के केमेस्ट्री के टीचर थे साथ ही ग्यारहवीं 'ए' के क्लास टीचर भी। क्लास में तो वे शायद ही कभी पढ़ाते थे पर हाँ, टयूशन के चक्कर में उनका जवाब नहीं था। उनका कायदा था कि तिमाही में रिजल्ट तीस प्रतिशत रहता था। जिससे परिणाम में उनके घर पर भीड़ लगनी शुरू हो जाती थी। जो निडर होकर नहीं जाते थे वे छमाही में धराशायी होकर पहुँच जाते थे। पाँच सौ रुपया मासिक पर ट्यूशन पढ़ना, वह भी खाली केमेस्ट्री ही। वह लड़कों के लिए काफी असंतोषजनक बात थी। पर एक साल गँवाने से तो अच्छा ही है यही सब सोचा करते

थे। घर पर भी चटर्जी साहब कभी पढ़ाया, कभी न पढ़ाया, गप्पें लड़ायी, यही काम था।

विनोद भी उन अभागे लड़कों में से एक था जो तिमाही में चटर्जी साहब के कोप का भाजन बन चुका था पर घर न गया था। विनोद के पिता शहर के माने हुए चिकित्सक थे और स्वयं विनोद की गिनती क्लास के अमीर लड़कों में होती थी। चटर्जी साहब ने कई बार बिल्कुल साफ-साफ विनोद से ट्यूशन पढ़ने को कहा पर विनोद टालता गया। इसके परिणामस्वरूप वह रोज उनकी सजाओं का भागी बनने लगा। कल तो दो घंटे तद कुर्सी लिए खड़ा रहा पर चूँ तक न की वह स्वयं जानता था व सारी क्लास जानती थी कि यह सब क्यों हो रहा है। चटर्जी साहब भी पूरे जिद पर अड़े थे कि इसे बैच में लेकर ही रहेंगे।

विनोद का रेस्टिकेशन हो गया तो घर पर खबर कर दी गयी थी। चटर्जी साहब आज कॉलेज न आये थे शायद वे क्लास के चालीस लड़कों की गवाही को झुठला रहे थे या फिर भूलने की कोशिश में थे।

ऑफिस में विनोद के पिताजी व प्रिन्सिपल साहब में बातचीत हो रही थी। विनोद के पिता को भी स्थिति का खासा परिचय था। वे भी सब समझ रहे थे। पर प्रिन्सिपल साहब चटर्जी साहब के इस बिजनेस से अपरिचित ही थे। आखिर में प्रिन्सिपल महोदय विनोद का रेस्टीकेशन वापस लेने पर तैयार हो गए पर शर्त यह रखी कि विनोद को स्टाफ के सामने चटर्जी साहब से माफी माँगनी पड़ेगी।

पिताजी के बहुत समझाने पर विनोद कॉलेज चलने को तैयार हो गया। सारा स्टाफ बैठा था प्रिन्सिपल महोदय भी बैठे थे चटर्जी साहब मानों प्रतिशोध की भावना लिए हुए थे। तभी विनोद की सन्नाटे को तोड़ती हुई आवाज़ गूँजती है।

"सर मुझे आज आपसे माफी माँगनी है केवल इस बिना पर कि मैंने आपसे ट्यूशन पढ़ना स्वीकार नहीं किया और आपकी सजाओं का प्रतिकार दे दिया। मैं आपसे पढ़ लेता और इम्तिहान से एक दिन पहले पेपर आउट करके आप मुझे शीर्ष की ओर पहुंचाने का भुलावा देते, पर वास्तव में यह मेरे भविष्य का पतन होता। इस तरह चंद कागज़ के टुकड़ों के लिए आप विघार्थी वर्ग का कितना नुक्सान कर रहे हैं, इसका आप अंदाजा नहीं लगा सकते। यह केवल विद्यार्थी वर्ग का पतन नहीं वरन राष्ट्र का पतन है। वास्तव में राष्ट्र एक इमारत है जिसकी पक्की नींव के ऊपर आप खोखली ईटें रख रहे हैं।

ऐसे में यदि शिक्षक वर्ग के इन जालों से छूटने के लिए विद्यार्थी प्रतिकार देता है तो क्या अस्वाभाविकता है। आज मैंने आँखें खोली हैं तो सारा विद्यार्थी जगत समझ जायेगा कि यह पढ़ाई उसकी उन्नति का मार्ग नहीं, वरन पतन की राह है। यदि शिक्षक वर्ग यह दृष्टिकोण बदले तो मैं क्या सारा विद्यार्थी वर्ग उनके चरणों में नत-मस्तष्क है और रहेगा। मेरी यह विनती है कि भारतीय समाज में आदिकाल से ही गुरु की जो तस्वीर बनी हुई है "उसे गिराने का प्रयत्न न करें।" यह कहकर विनोद ने सिर झुका लिया।

सारा वातावरण शांत था सभी स्तब्ध थे ऐसे में विनोद के पिता भी सोच रहे थे कि वास्तव में उनके पुत्र ने कितना कड़वा सत्य कहा है। आज का युवा भी क्या शिक्षा के मूल्यों के प्रति इतना जागरूक हो सकता है? अन्याय के विरुद्ध आवाज़ उठा सकता है? बिना परिश्रम के फल पाने की इच्छा लिए हुए लोगों के बीच इस छात्र के मुख से कहे शब्द एक प्रश्नचिन्ह बन जाते हैं जिसका उत्तर शायद हम सभी को ढूँढना है जहाँ मूल प्रश्न होगा-शिक्षा या पैसा?

क्या वास्तव में शिक्षा का कोई मूल्य है या फिर गुरुकुल प्रणाली पर आधारित शिक्षा के विषय में पुनर्विचार करने की आवश्यकता है।

चटर्जी साहब ने यह सब सुना या नहीं कोई न जान सका हाँ उनकी शून्य में ताकती आँखों में सूखते आँसू सबने देखे थे।

अनचाही मंजिल की ओर

तुम्हें अपनी सफाई में कुछ कहना है, "अदालत के विशाल जनसमूह के समक्ष जज की आवाज़ गूँजती है।"

कुछ दूरी पर ही सिर झुकाए खड़े किशोर ने एक बार अपने कटघरे को देखा और जज की ओर देखकर बोला-

"सरकार अब क्या सफाई दूँगा, अब तो इन सारे अपराधों को स्वीकार करते हुए केवल कुछ चंद हादसे कहना चाहता हूँ जो मेरी ज़िंदगी थी।"

"कहो, अदालत तुम्हें इजाजत देती है। "

कटघरे में खड़ा किशोर पहले तमाशायियों को देखता है, फिर नाखून कुरेदते हुए कहता है।

आज मैं इस अपराध से भरे तन-मन को लेकर इंसाफ के मंदिर में खड़ा हूँ। इसे देखकर मुझे हर कोई अपराधी ही कहेगा, पर क्या आपने कभी सोचा है कि मैं कैसे अपराधी बना? मैं भी कभी एक सीधे-सादे, बड़े बाप का बेटा था। मैं आठवीं कक्षा में पढ़ता था काफी होशियार था और खेलों में भी भाग लेता था। अपने पिता की एकमात्र संतान होने के कारण मेरे भी आगे-पीछे नौकर घूमते थे खूब पैसा मेरे पास रहता था। रोजमर्रा मैं सिनेमा देखता था। एक दिन दोस्तों के काफी बढ़ा-चढ़ा देने पर साहस करके मैं फिल्म एक्टर बनने की धुन में घर से 499/- रूपये लेकर ट्रेन में बैठ गया। बंबई की ट्रेन में एक आदमी से मेरी जान-पहचान हुई और उसने मेरा इरादा जानकर अपने को फिल्म डायरेक्ट बताया और बम्बई में पहुँचकर मेरे साथ ही एक शानदार होटल में ठहर गया। मैं भी उस पर बहुत विश्वास करता था ताकि वह मुझे एक्टर बना दे पर एक दिन मेरा सन्दूक जिसमें मेरे रूपये थे लेकर वह लापता हो गया। अब आप सोचिये, मेरी जेब में कुल 14/- रूपये थे। जैसे ही मैं होटल में घुसा तो मालिक ने मुझसे कमरा खाली करने की और साथ ही किराया व खाने के 2999/- रूपये माँगे। मेरे तो हाथ-पाँव फूल गये और बड़ी मुश्किल से आपबीती उसे सुनाया वह पुलिस तक बुलाने को तैयार हो गया। अंत में हारकर मुझे वहाँ बिना वेतन का बैरा बनना पड़ा।

इस बीच कई अखबारों में मुझे ढूँढने के लिए पिताजी द्वारा निकलवाए गए विज्ञापन भी मैंने पढ़े पर मुझे अब अपनी करनी पर वापस लौटने का साहस न था। अतः मैं इस ओर से चुप रहा।

बैरा वो भी बिना वेतन का मेरे लिए असहनीय हो गया और एक दिन मैं वहाँ से भाग निकला। पर कहाँ जाऊँ, यह मेरे सामने प्रश्न था दूसरी ओर बंबई की रंगीनियाँ भी मुझे आकर्षित कर रहीं थी।

इन हालातों में बस बेईमानी और दगाबाजी यही एक रास्ता रह गया था जो मुझे मजबूरन अपनाना पड़ा। मैं जेबें काटने लगा, छोटी-मोटी चोरी भी करने लगा और आराम से बड़े-बड़े होटलों में रहने लगा। पर मैं अकेला न रह सका और पैसे की बदौलत यहाँ भी इन्हीं प्रवृत्तियों को अपनाने वाले किशोरों का एक गिरोह बनाकर हम चोरी, राहजनी इत्यादि करने लगे और मैं उनका प्रभुत्व बन गया।

एक-दो बार साथी पकड़े भी गए पर मैं और बड़ी-बड़ी चोरियाँ करने लगा। धन का मेरे पास अभाव न था पर कभी-कभी माता व पिता की सूरत आँखों में आ जाती और सोचता कि वह मुझे क्या क्या बनाना चाहते थे और मैं क्या बन गया। कई बार मन हुआ कि घर लौट जाऊँ पर अब पापों का बोझ इतना बढ़ गया था कि लौट पाना असम्भव-सा था। इसी बीच मैं डाकू दल में शामिल हो गया। और फिर वही काम शातिर तरीके से करने लगा। कहने का मतलब है मैं तन-मन के साथ एक अपराधी के कटघरे में खड़ा हूँ।

मैं यह नहीं कहता कि मेरा दोष इसमें नहीं था बल्कि मैं कहता हूँ कि मेरा दोष तो था पर अधिक दोष उस समाज का था जिसमे मुझे पनपने का अवसर दिया।

मैं माफी नहीं चाहता बल्कि सजा चाहता हूँ। खूब कड़ी, ताकि आने वाले किशोर मेरी ज़िन्दगी से सबक लेकर समाज की हर बुराइयों से दूर रहें।

"तुमको छह साल कैद बा मुशक्कत सजा दी जाती है।"

और यह सुनकर दो सिपाहियों के बीच कड़ियों से बंधा वह किशोर हवालात की ओर चल दिया। कुछ अनबुझे सवाल शायद अदालत की दीवारों से टकरा रहे थे। भटकते कदमों से अनचाही मंजिल ही मिलती है।

फैसले कुछ अजीब से

बहुत समय पहले की बात है देवनगरी नामक राज्य में नल नाम का राजा राज्य किया करता था। राजा नल एक विद्वान एवं दयालु राजा था। प्रजा को वह अत्यंत प्यार करता था। वह उनकी हर परेशानी को दूर करता था, राजा बहुत बड़ा गुणी व दानशील था। उसके दरबार में रोज ही गरीबों को यथायोग्य दान दिया जाता था। उसके दरबार से कोई भी खाली हाथ नहीं लौटता था।

देवनगरी में ही एक अत्यंत गरीब ब्राह्मण भी निवास करता था, वह ब्राह्मण कथा इत्यादि से प्राप्त धन से अपना गुजारा करता था। उसके अथक परिश्रम से भी दरिद्रता दूर नहीं हो पा रही थी। पत्नी के उलाहनों से भी वह तंग आ चुका था। घर के इसी क्लेशपूर्ण वातावरण में उसे अपनी पत्नी द्वारा यह बात ज्ञात हुई कि राजा नल के दरबार में रोज दान दिया जाता है इस विचार के आते ही वह अगले दिन की प्रतीक्षा व तैयारी में लग गया। सवेरा होते ही ब्राह्मण राजा नल के दरबार की ओर पैदल ही चल दिया परन्तु जब वह दरबार में पहुँचा तब काफी देर हो चुकी थी और दान देने का कार्यक्रम खत्म हो चुका था। ब्राह्मण ने निराशाजनक स्थिति में भी राजा से फरियाद करने की ठानी और राजा नल को अपनी दुःख व्यथा सुनायी। राजा नल ने फौरन राज खजाने से उसे एक सोने की ईट दिलवा दी सोने की ईट पाकर ब्राह्मण बहुत प्रसन्न हुआ और राजा को धन्यवाद देता हुआ घर की ओर जल्दी जल्दी कदम बढ़ाने लगा। अभी वह थोड़ी ही दूर पहुँचा था कि रास्ते में पेड़ के नीचे कंबल ओढ़े एक व्यक्ति दिखाई पड़ा। वह व्यक्ति ब्राह्मण की ओर बढ़ा और सोने की ईट छीनते हुए बोला–

"कहाँ चला तू यह धन लेकर, तेरे भाग्य में सूखी रोटी है घर बैठकर खा।" और इतना कहकर ब्राह्मण की ईट लेकर वह गायब हो गया। बेचारा ब्राह्मण हताश होकर घर की ओर लौटा और सारी कथा अपनी पत्नी को बता दी पत्नी को भी सारी बातें सुनकर बहुत दुःख हुआ पर कुछ सोचकर वह बोली कि कल तुम फिर जाना, राजा नल बहुत दयालु हैं। वे तुम्हें फिर दान अवश्य देंगे। पत्नी की बातों से ब्राह्मण को थोड़ी दिलासा मिली और वह अगले दिन फिर दरबार की ओर बढ़ गया।

राजा नल ने ब्राह्मण को देखा और फिर सरकारी खजाने से एक मोतियों का हार दिलाया, ब्राह्मण ने अबकी बार हार को खूब सावधानी से रखा और सावधानीपूर्वक घर की ओर चल दिया। रास्ते में उसे फिर वही कंबल वाला व्यक्ति मिला और उसकी ओर तेजी से

झपटा व हार छीनकर पुनः वही शब्द कहे, "कहाँ चला तू धन लेकर तेरे भाग्य में रूखी-सूखी रोटियाँ लिखी हैं घर बैठ के खा।" अबकी भी वह व्यक्ति अदृश्य हो गया और ब्राह्मण की रुलाई-सी छूट पड़ी। वह शोक मनाता हुआ घर काफी देर से पहुँचा। उसकी पत्नी तो उसका इंतजार करती परेशान थी उसे भी उदास मन आते देख वह बेचारी और दुःखी सी हुई तरह-तरह की आशंकाएँ उसके मस्तिष्क में जागने लगी। ब्राह्मण ने उदास मन से उसको सारी बातें बतायीं। पत्नी बोली, "मैं अभी तक यह नहीं समझ पा रही हूँ कि वह कंबल वाला व्यक्ति कौन है? मेरा जहाँ तक विचार है, कोई चोर-उचक्का होगा। कल तुम फिर जाओ और राजा से कहो कि तुम्हारे साथ दो सैनिक भेज दे उन्हें सारी बातें भी बताओ दयालु राजा हमारी दशा पर तरस खाकर कुछ न कुछ उपाय अवश्य करेंगे।"

अपनी पत्नी के वचनों को सुनकर ब्राह्मण के निराश चेहरे पर एक हल्की सी आशा की किरण जागी और वह उसी उधेड़बुन में कल की योजनाएँ बनाता हुआ सो गया। सुबह को ब्राह्मण तैयार होकर फिर राजा नल के महल की ओर चला। महल पर पहुँचकर जब राजा नल की निगाह उस पर पड़ी तो उसकी दरिद्रता देखकर उनका मन कौतुहल से भर आया। वे बोले, "हे ब्राह्मण देव क्या मेरी दी गयी सोने की ईट व मोतियों का हार भी तुम्हारी दरिद्रता मिटाने में समर्थ नहीं हुआ है? जो तुम्हारी यह हालत है?"

राजा नल के वचन सुनकर ब्राह्मण का दिल भर आया और वह रोते हुए बोला, "नहीं भगवन, ऐसी बात नहीं।" यदि वह धन मेरे घर पहुँचा होता तो मैं आज यहाँ न आता वह धन तो जन्म-जन्मान्तर तक काफी था, परन्तु क्या बताऊँ रास्ते में दोनों बार एक काले कंबल वाले व्यक्ति ने मेरी चीजे यह कहकर छीन लीं, "कहाँ चला यह धन तू लेकर, तेरे भाग्य में रूखी-सूखी रोटियाँ लिखी है घर बैठकर खा।" अब आप ही बताएँ भगवन कि मैं क्या करूँ? ब्राह्मण की व्यथा सुनकर राजा नल गदगद हो उठे और बोले, "हे ब्राह्मण देव घबराने की कोई बात नहीं शीघ्र ही आपकी दरिद्रता दूर होगी, आज स्वयं हम आपके साथ चलेंगे।"

ब्राह्मण राजा नल की बात सुनकर बहुत ही कृतज्ञ हो गया और धन लेकर राजा नल को अपने घर की ओर ले चला! राजा नल अपने सैनिकों के साथ थे और पूरी सतर्कता से ब्राह्मण के साथ चल रहे थे। अचानक पेड़ के पास फिर वही कंबल वाला व्यक्ति प्रकट हुआ और ब्राह्मण का धन छीनने लगा पर राजा नल के कठोर स्वर को सुनकर वह रुक गया। राजा नल बोले, "तुम कौन हो? इस गरीब ब्राहाण का धन क्यों छीनते हो?"

व्यक्ति बोला, "राजन मैं इसका भाग्य हूँ और इसकी दरिद्रता कायम रखकर कर्तव्य पालन कर रहा हूँ मुझे मत रोको।"

"नहीं! तुम्हें रुकना होगा, हम कहते हैं कि धन ब्राह्मण को दो।" व्यक्ति बोला, "राजन! यदि तुम इस ब्राह्मण की दरिद्रता मिटाना चाहते हो तो कहो कि तुमने अपना भाग्य इस ब्राह्मण को बाहर वर्ष के लिए दिया।" हाँ हम कहते हैं कि हमने अपना भाग्य इस ब्राह्मण को बारह वर्ष के लिए दिया। "तथास्तु।" कहकर वह व्यक्ति ब्राह्मण को छोड़ अदृश्य हो गया।

ब्राह्मण धन लेकर राजा नल के गुणगान गाता हुआ प्रसन्नतापूर्वक अपने घर की ओर चल दिया।

राजा नल ने बारह वर्ष के लिए अपने भाग्य का दान करके एक अवर्णीय महान कार्य किया था और वे उसका फल भुगतने के लिए पूरी तरह तैयार थे। भाग्य के दान के कारण राजा नल प्रसन्न होकर दरबार में बैठे थे कि एक सेवक दौड़ता हुआ आया और राजा नल को सम्बोधित करता हुआ बोला, "भगवन! गजब हो गया, शाही पशुशाला के सभी जानवर मर गये।" राजा नल अभी पशुशाला के बारे में ही पूरी तरह न सोच पाए थे कि एक और सेवक दौड़ता हुआ आया और बोला, "राजन! शाही खजाना लुट गया है, सारा धन गायब है। उपर्युक्त तरह से ही राजा नल के पास एक के बाद एक विनाश की सूचनाएँ आने लगीं और एक समय ऐसा आया कि सारी देवनगरी नष्ट-भ्रष्ट हो गयी राजमहल ध्वस्त हो गया।"

सारे राज्य के नष्ट होने के बाद राजा नल ने राजमहल का निरीक्षण किया जो एक खंडहर बन चुका था। वह उन्हें घोड़े की एक नकेल मिल गयी बस यह नकेल ही राजा नल की एकमात्र सम्पत्ति थी। वहाँ उसे लेकर चल दिये। भूखप्यास से व्याकुल राजा नल ने नकेल बेचने की ठानी एक जगह पूछा तो पाँच सौ रुपया बताया गया पर राजा नल राजी न हुए।

दूसरे स्थान पर जाने पर नकेल के दाम चार सौ रूपये ही बताये गये पर राजा नल की दशा निम्न थी। 'विनाशकाले विपरीत बुद्धि' अतः वे और आगे बढ़े वहाँ तीन सौ बताये गए उससे आगे जाने पर क्रमशः दो सौ व सौ रुपया दान जानकर राजा नल और आगे बढ़ते गए और अंत में पाँच रुपया में नकेल बेचकर कुछ खाया-पिया और चल दिये। रात्रि का समय हो रहा था। रास्ते में ही कुछ डाकू मिल गये पर राजा नल को पहले से ही कंगाल देखकर व राजा नल को पहचानकर हाथ-पैर काटकर कुएँ में फेंक दिया और आगे चले गये।

कुँए में पड़े राजा नल भयंकर पीड़ा और भूख का सामना करते कराह रहे थे। कुआँ भी पानी रहित- सा सूखा गड्ढा था।

दूसरे दिन पास के एक समुद्र में एक जहाज अचानक चलते-चलते रुक गया। यह जहाज व्यापारिक था और अत्यंत आवश्यक कार्य से जा रहा था। अचानक जहाज के रुकने का कारण कोई भी ज्ञात न कर सका। कुछ देर बाद जहाज में बैठे एक ज्योतिषी ने बताया कि यदि राजा नल के दाये पैर के अँगूठे से इस जहाज की नोक को छुआ जाये तो यह चल पड़ेगा।

इस बात को जानकर लोग आसपास खोजबीन करने लगे कि राजा नल नाम का कोई राजा हो। इतने में कुएँ से कराहने की आवाज़ सुनकर कुछ व्यक्तियों ने राजा नल को बाहर निकाला और नाम पूछा। राजा नल ने अपनी दशा देखते कुए अपना परिचय व कथा न बताकर अपना नाम नलकी बता दिया। जहाज के लोगों ने कहा चलो इसे ही ले चलते हैं। नलकी व नल में क्या अंतर है थोड़े-सा फर्क से कुछ नहीं होता और हाथ-पैर के टूटे हुए मरणासन्न से राजा नल को वे लोग जहाज पर लाये और भोजन व आराम करने के बाद उनके दायें पैर के अँगूठे को जहाज की नोक पर लगाया और जहाज को गतिमान होते देख उन्होंने राजा नल को कुछ धन देकर जहाज से ही अगले बंदरगाह पर छोड़ दिया। उस धन के सहारे राजा नल नए अजनबी शहर में इधर-उधर घूमते रहे और काम तलाश करने की खोज करते रहे। पर हाथ-पैर बेकार होने के कारण वे घिसड़-घिसड़ कर चलते थे। उनकी यह दशा देखकर एक तेली ने उनको अपना नौकर बनाना स्वीकार कर लिया और अपने घर की ओर उनको ले चला। तेली के यहाँ राजा नल तेल पेरने इत्यादि का काम करते थे। अपने मालिक को वे कभी भी अपनी सेवा से असंतुष्ट न होने देते थे। इसी कारण तेली उनसे बहुत प्रसन्न रहा करता था और सेवक न समझकर साथी का सा व्यवहार करता था तेली की पत्नी भी राजा नल के कार्य से संतुष्ट थी।

इस प्रकार राजा नल तेली के ही परिवार के एक अंग से हो गए थे। तेली के परिवार में उन्हें अपनत्व मिलता था। रात्रि का समय था राजा नल तेल पेर रहे थे और एक गीत गुनगुनाते जा रहे थे। इसी धुन में वे बड़ी लग्न से कार्य कर रहे थे।

इस प्रकार राजा नल जिस राज्य में थे वहाँ का राजा विक्रमसेन था। वह उस समय अपने शयनकक्ष में था और सोने की तैयारी कर रहा था। उसने अपनी बाँदी से कहा, अरे जरा ये चिराग तो बुझाना बाँदी चिराग बुझाने लगी पर वह जैसे ही चिराग को बुझाती वह वैसे ही एकदम जल उठता। कुछ देर इसी तरह

करते-करते बाँदी ने परेशान होकर कुछ आश्चर्य में यह बात राजा को बतायी। उन्होंने इस बात का स्वयं निरीक्षण किया और कुछ देर विचार कर कहा कि यह बात तो केवल उस समय होती जब राजा नल गाना गाते हैं। पर वे हमारे राज्य में कहाँ से आये। अगर वे आते तो हमारा आतिथ्य अवश्य ही स्वीकार करते। यही बात सोचते-सोचते राजा विक्रमसेन ने मन में सोचा कि यदि राजा नल हमारे राज्य में है तो उसको किस तरह ढूँढा जाये या बुलाया जाये? काफी देर बाद उसके दिमाग में एक योजन आ ही गयी कि उनकी पुत्री राजकुमारी चन्द्रकान्ता अद्वितीय सुंदरी थी। उससे विवाह करने दूर-दूर से राजकुमार आते थे और राजा नल स्वयं राजकुमारी चन्द्रकान्ता पर मोहित थे।

उपर्युक्त बातें सोच-विचारकर राजा विक्रमसेन ने अपनी पुत्री राजकुमारी चन्द्रकान्ता का स्वयंवर रचाने की सोची उनका विचार था कि ऐसे में राजा नल अवश्य आयेंगे और उनके साथ मेरी पुत्री का विवाह हो जायेगा क्योंकि राजकुमारी चन्द्रकान्ता स्वयं राजा नल को चाहती थी।

अगले ही दिन राजा विक्रमसेन ने सारे राज्य में अपनी पुत्री के स्वयंवर की घोषणा करवा दी। यह घोषणा तेली के घर में काम करने वाले राजा नल ने भी सुनी। जैसे जैसे स्वयंवर की तिथि पास आती जा रही थी राजा नल की बेचैनी बढ़ती जा रही थी। आखिरकार स्वयंवर के दिन उन्होंने तेली से विनती की कि वह उन्हें स्वयंवर में ले चले पर तेली बोला, "अरे वहाँ राजाओं के बीच तू क्या करेगा! बेकार मार-मूरकर बाहर निकाल दिया जायेगा।" परन्तु राजा नल ने काफी अनुनय-विनय करके तेली को राजी कर लिया और तेली उनको कन्धे पर बिठाये राजमंडल की ओर चल दिया।

तेली जिस समय राजा नल को लेकर राजमंडल पहुँचा तब काफी भीड़ लग चुकी थी। अतः उनको सबसे पीछे स्थान मिला राजकुमारी वरमाला लिए राजा नल को खोजती आगे बढ़ी तो राजा विक्रम की त्योरी चढ़ गयी और उन्होंने राजकुमारी की तरफ क्रुद्ध दृष्टि से देखा क्योंकि सबसे आगे की पंक्तियों में बैठे बड़े-बड़े महाराजाओं को वह छोड़ चुकी थी।

परन्तु राजकुमारी पर इसका कोई प्रभाव न पड़ा और वह इधर-उधर देखने लगी। अचानक उसकी नज़र तेली पर बैठे राजा नल से मिली। वह मुस्कुरा उठी और लूले-लंगड़े राजा नल के गले में वरमाला डाल दी। राजकुमारी के इस कृत्य को देखकर सभी स्तब्ध रह गये। राजा विक्रमसेन अत्यंत क्रोधित होकर राजकुमारी को डाँटकर बोले, "यह क्या किया बेटी! कहीं तुम्हारा दिमाग तो खराब

तो नहीं हो गया है? इतने बड़े-बड़े राजाओं को छोड़कर तुम एक नीच के गले में माला डाल आयी।" यह कहकर राजा विक्रम ने घोषणा की कि आज राजकुमारी की तबियत खराब थी। अतः वे संतुलन खो बैठी इसीलिए स्वयंवर अब कल होगा। सभी राजा घोषणा सुनकर चल दिये।

तेली के साथ राजा नल भी चले। उन्हें प्रसन्नता थी कि राजकुमारी ने तो उन्हें पहचाना चाहे राजा न पहचान सके हों क्योंकि उनकी वेशभूषा और रहन-सहन से सहज ही कोई उन्हें पहचान सकता था। स्वयंवर में जाने के लिए अगले दिन भी राजा नल ने तेली से कहा तो वह कुछ विचलित से होकर बोला कि "भाई तुम वहाँ क्यों जाना चाहते हो मेरी मानों चाहे राजकुमारी कितनी ही बार तुम्हारे गले में माला डाले पर कभी मान्य नहीं होगा" पर राजा नल के आग्रह पर वह ले जाने को तैयार हुआ।

स्वयंवर शुरू को गया था और राजकुमारी फिर वरमाला लिए घूम रही थी और इस बार जैसे ही उसने तेली के ऊपर चढ़े राजा नल के गले में माला डाली वैसे ही वहाँ उपस्थित सभी राजा खड़े हो गये और क्रोध में विक्रमसेन को डाँटकर कहा, "विक्रमसेन यह क्या मज़ाक है? क्या हमारा अपमान करने के लिए तुमने यहाँ बुलाया था? हम जाते हैं।" यह कहकर जब राजा लोग जाने लगे तो विक्रमसेन ने अपना मुकुट जमीन पर रखकर उनसे क्षमा प्रार्थना करी पर राजा लोग क्रोध का घूँट पीकर बैठ गये। राजा विक्रमसेन ने इस बार राजकुमारी चन्द्रकान्ता को खूब डाँटकर कहा कि इस बार सोच-समझकर वरमाला डालो यह तुम्हारे जीवन का प्रश्न है।

परन्तु राजा के लाख समझाने के बाद भी राजकुमारी चन्द्रकान्ता ने वरमाला राजा नल के ही गले में डाल दी। अब की बार राजा विक्रमसेन ने सीधे राजकुमारी से कहा कि बेटी मैं नहीं समझ पा रहा हूँ की तुम यह क्यों कर रही हो? यह स्वयंवर है जबकि तुम्हारी इच्छा इस लूले के साथ मरने की है तो मरो मेरे लिए तुम मर चुकी हो जाओ इस लूले को लेकर मज़दूरी करो। राजकुमारी ने कहना चाहा पर राजा विक्रमसेन अंदर चले गये रानी से विचार-विमर्श करने लगे। रानी ने कहा जब राजकुमारी की यही इच्छा है तो हम क्या कर सकते है? हाँ, मुझे उनके खाने-पीने के प्रबंध के बारे में चिंता है। राजा विक्रमसेन क्रुद्ध होकर बोले, मेरा उससे कोई सम्बन्ध नहीं है। अब चाहे वह भीख माँगे या कोई और काम करे।

रानी के बहुत समझाने पर राजा ने पास का एक मकान राजा नल व राजकुमारी के लिए दिया और खाने-पीने के प्रबंध के बारे में कहा की चन्द्रकान्ता रोज यहाँ (राजमहल) से जौ ले जाया

करेगी और उस लूले पति को खिलाएगी। इस व्यवस्था पर भी उन्हें गहरा क्षोभ था वे राजकुमारी के कृत्य पर दुखी थी।

अब राजकुमारी एक छोटे से मकान में राजा नल के साथ रहती व रोज राजमहल से जौ माँगकर लाती और खाना बनाकर अपने पति (राजा नल) की सेवा करने लगी। उसने कई बार राजा विक्रमसेन से कहा कि उसके पति ही राजा नल है पर राजा विक्रमसेन उसकी हंसी उड़ाते हुए राजा नल (जो उनकी नज़रों में राजा नल न थे) को कई अपशब्द सुनाए इस कारण अब राजकुमारी ने इस विषय में राजा से बात न की।

राजा नल व राजकुमारी को इस तरह हुए कई वर्ष बीत गये थे।

एक दिन राजा विक्रमसेन के पास दया, धर्म, बुद्धि, लक्ष्मी माया और भाग्य आदि गण आये और कहा, "राजन! आप एक न्यायकुशल राजा हैं अतः हमारा फैसला कीजिए कि हममे कौन सर्वश्रेष्ठ है।"

राजा विक्रमसेन तो यह बात सुनते ही घबरा उठे क्योंकि किसी एक को बड़ा कह देने से बाकी सबके नाराज होने पर उनके कोप का भाजन बनना पड़ता और सब नष्ट-भष्ट हो जाता। फिर भी उनके गणों के सामने राजा विक्रमसेन ने संयत स्वर में कहा कि हे गणों! आपका फैसला मैं करूँगा पर मुझे इसके लिए एक हफ्ते की मियाद दें मैं तब तक आपका फैसला सोच लूँगा। राजा के इस उत्तर को सुनकर सभी गण खुश होते हुए अगले हफ्ते आने का वादा करके चले गये। इधर राजा विक्रमसेन का बुरा हाल था वे बहुत ही परेशान थे और उनके मंत्री इत्यादि भी कोई उपाय बताने में असमर्थ थे। राजा विक्रमसेन बूढ़े हो रहे थे और इतने अनुभव के बाद भी अब उनकी मान-मर्यादा अंत काल में कसौटी पर आयी तो। देवताओं के कोप का भाजन बनने की उसमें शक्ति न थी।

सारा राज्य शोक में था क्योंकि राजा का दुःख प्रजा का दुःख था। ऐसे में जब राजकुमारी चन्द्रकान्ता जौ लेने राजमहल में आयी तो घर में उदासी का माहौल देखकर अपनी माँ से कारण पूछा। रानी ने सारी बाते उसको सविस्तार बता दीं।

राजकुमारी ने घर पहुँचकर सारी बात राजा नल को बतायी तो नल कुछ सोच में पड़ गये और कुछ देर बाद बोले, "देखो तुम कल जाओ तो कहना कि मैं सबका फैसला कर दूँगा।"

राजकुमारी ने यह बात रानी से कहीं कि मेरे पति कहते हैं कि फैसला कर देंगे। रानी ने जब यही बात राजा विक्रमसेन से कहीं तो वे अत्यन्त क्रोधित हुए और बोले, "उस लूले की यह मजाल कि

जो निर्णय हम न कर सके वह कर देगा, नहीं कदापि नहीं, हमारा सिंहासन गंदा हो जायेगा, अपवित्र हो जायेगा। इतना कहने के बाद राजा विक्रमसेन ने सोचा कि शायद वह लूला (राजा नल) कोई तरकीब जानता हो। उनके मन में आशा की एक किरण जागी। उन्होंने मंत्रियों की सभा की तो मंत्रियों ने भी यही कहा कि "राजन! जब हम सभी निराश हैं और कोई आशा नहीं तब उसको (राजा नल को) अवसर देना युक्तिसंगत ही है। जहाँ तक सिंहासन के अपवित्र होने का सवाल है उसे धुलवाकर अन्य उपचारों से स्वच्छ कर सकते हैं।"

राजा विक्रमसेन ने कुछ देर विचार कर मंत्रीगणों के निर्णय पर सहमति प्रकट की और रानी को कहा कि वह राजकुमारी से कहकर राजा नल को उस दिन फैसला करने के लिए आमंत्रित कर दें।

जब राजकुमारी ने राजा नल से कहा कि उसके पिता राजी हो गये हैं तो वह बहुत खुश हुआ और उस दिन के लिए तैयार हो गया।

आखिरकार बहुप्रतीक्षित वह दिन भी आ पहुँचा जब राजा नल सिंहासन पर बैठे थे और माया, बुद्धि, दया, धर्म, लक्ष्मी और भाग्य उसके सामने खड़े थे सभी यह जानना चाहते थे कि राजा विक्रमसेन ने क्या खूबी देखकर राजा नल को यह फैसला करने भेजा व राजा नल किसको सर्वश्रेठ ठहराता है।

राजा नल ने कहा कि हे गणों! आप एक-एक करके अंदर आइए और अपना फैसला सुनिए।

सर्वप्रथम माया राजा नल के सम्मुख आयी और बोली, मैं सबसे श्रेष्ठ हूँ। "राजा नल बोले," देखिए पचासी जूते मारूँगा, जब मैंने उस कंबल वाले ब्राह्मण के फेर में आकर भाग्यदान किया तब तू कहाँ थी बोल!

राजा नल की बात सुनकर माया बेचारी भाग गयी।

इसके बाद लक्ष्मी आयी और बोली, "मैं सबसे श्रेष्ठ हूँ।" राजा नल फिर बोले, "देख पूरे पचासी जूते मारूँगा। जब मेरा खजाना लुटा, राज्य नष्ट हुआ तब तू कहाँ थी चल भाग जल्दी।" लक्ष्मी बेचारी अपना-सा मुँह लेकर भाग गयी।

अब बुद्धि आयी वह बोली, "मैं सबसे श्रेष्ठ हूँ।"

राजा नल पुनः बोले, "देख तुझे भी पचासी जूते मारूँगा। जब मैंने घोड़े की नकेल पाँच सौ रूपये के स्थान पर केवल पाँच रूपये में बेच दी थी तब तू कहाँ थी?

बोल जल्दी नहीं तो मारूँगा।

यह सुनकर बुद्धि भी जल्दी से भाग गयी।

अब दया आयी और बोली, "मैं सबसे श्रेष्ठ हूँ।"

राजा नल बोले, "देख तुझे पचासी जूते मारूँगा। जब डाकुओं ने मेरे हाथ-पैर काटे तब तू कहाँ थी?

"अच्छा बाबा ले" कहकर दया ने एक राख-सी राजा नल के ऊपर फेंकी जिसके पड़ते ही राजा नल के हाथ-पैर ठीक हो गये और दया भी लज्जित होकर भाग गयी।

अब की बार धर्म आया और बोला, "मैं सबसे श्रेष्ठ हूँ।"

राजा नल बोले, "देख तेरा तो मार-मारकर भुरता बना दूँगा, जब मैं तेली के यहाँ तेल पेरता था तब तू कहाँ था बोल?"

यह सुनकर धर्म से भी कुछ कहते न बना और वह भाग गया।

सबसे अंत में भाग्य आया और राजा नल को सम्बोधित कर बोला, "मैं सबसे बड़ा हूँ।"

राजा नल फौरन बोले, "हाँ भई हाँ तू बड़ा और तेरा बाप बड़ा, अब तो खुश है।"

भाग्य प्रसन्न होकर बोले, "हाँ राजा नल, याद है आज से बारह वर्ष पहले तूने मुझे दान किया था, आज वे बारह वर्ष पूरे हो गये। अब अपनी गद्दी सँभाल।" यह कहकर भाग्य खुश होकर चला गया।

सभी देवता जन राजा नल के फैसले से संतुष्ट होकर चले गये। राजा विक्रमसेन ने राजा नल को पहचाना और पैरों पर गिरकर अपने कुकृत्य पर क्षमा माँगी और कहा, "नल, मैं न जानता था कि स्वयंवर में जिसे मैं न पहचान पाया उसे मेरी पुत्री ने पहचान लिया था।"

राजा नल ने विक्रमसेन को उठाकर गले लगा लिया और बोले, "हे राजन! जो हुआ उसे जाने दो, अब मैं आपका दामाद हूँ। इस कारण आप मेरे पूज्य हैं।"

परन्तु राजा विक्रमसेन को इतना पश्चाताप हुआ कि वह अपने बुढ़ापे को देखते हुए पत्नी के साथ सन्यास आश्रम में चला गया और राजा नल को अपना राज्य सौंप दिया।

राजा नल ने महारानी चन्द्रकान्ता के साथ काफी लम्बे समय तक वहाँ राज्य किया और प्रजा उनके शासन में पूरी तरह सूखी रही। बाद में अपने गुणों व पराक्रम के बल पर नल एक चक्रवर्ती राजा बना।

Prof. (Dr.) Dewakar Goel

A Profile with the Difference

- Doctor of Philosophy in Management (Ph.D)
  Guide: *Dr. Sadhan Das Gupta, Calcutta University*
- Master of Business Administration (MBA)
- Bachelor of Laws (LL.B)
- Bachelor of Science (B.Sc)
- Post Graduate Diploma in Labour Laws (PG D.LL), Indian Law Institute
- Post Graduate Diploma in Personnel Management and Industrial Relations (PGDPMIR)
- Diploma Training & Development (D.TD) Indian Society for Training and Development
- Certificate "Instructional Technology" (C.I.Tech) IATA, Geneva, Switzerland
  Mentor: ***Prof. Miki Lane, University of California, Los Angeles, USA***
- Certificate "Management of Training (C.I.M. Trg.) IATA, New Delhi
  Mentor: ***Noel. N. Gatmaitan, Consultant, IATA, Singapore***
- ICAO- INDIA Fellowship
  Mentor: ***Terence. F. Alton, ICAO, Bangkok, Thailand***
- Certificate "Training Instructor course Part - 1 & 2," ICAO TRAINAIR PLUS Montreal
  Mentor: ***Hussam Abanda, ICAO Expert Jordan***

ɸ Professional Journey

- Started career from the level of Trainee to Personnel Officer in Private Sector, DCM Group.
- Worked with International Airports Authority of India/ Airports Authority of India on different managerial positions at Delhi, Bombay, Calcutta & Chennai Airports also at Corporate Hqrs., New Delhi.
- ***General Manager*** Head, Personal & Administration for all Airports in six states of South India.
- ***General Manager*** (Training), Indian Aviation Academy, Govt. Of India, New Delhi.
- ***General Manager*** (HR) / Head HR Air Navigation Services, Airports Authority of India.
- ***Executive Director*** (HR) Airports Authority of India.
- ***Director*** Indian Aviation Academy, Govt. of India.
- ***Associate*** Joint Aviation Authorities Training Organization (JAATO) Amsterdam, Netherlands.
- ***Advocate***, Member of Supreme Court and Delhi high court, Bar Associations.
- ***Chairman***, Aero Academy of Aviation Science & Management (AAASM)

ɸ Affiliations

- ***Doctoral Research Supervisor***- Faculty of Business Management, Banasthali University.
- ***HR Consultant***- International Civil Aviation Organization (ICAO) Montreal, Canada
- ***Human Performance Technologist***- International Air Transport Association (IATA), Switzerland.
- ***Standing Council Member***- Asia Pacific Airport council International ACI Hong Kong
- ***Adjunct Faculty***, Saveetha School of Law, Chennai; GMR Aviation Academy New Delhi, Kannaur Trivendrum Hyderabad, Goa Jain University Bangalore, IMS Law Institute Noida.
- ***Advisory Board Member***- Banasthali University, NALSAR University of Law, Hyderabad, American

University of India, Kodaikanal, Pondicherry University, National Institute of Tourismand Hospitality Management, Hyderabad; Institute of Advanced Management and Research, Ghaziabad, Maulana Azad University, Kolkata.

- ***Guest Faculty***- Narsee Monjee Institute, Bombay, LSR, IIT Delhi, Kharagpur, XLRI, IISWBM Calcutta, Anna, Madras, Periyar, St. Peters, Banasthali Universities, IMT Ghaziabad, MDI Gurgaon & IIM Raipur, Ranchi, LBS National Academy of Administration, Mussoorie, Indian Institute Of Public Administration - New Delhi.
- ***Global Advisor***- Dysmech Clinical Services Pvt. Ltd
- ***Advisor***- Bharti life Insurance Company Ltd
- ***Advisor*** Parakh Online Pvt. Ltd New Delhi.
- ***Advisor*** Tech Pose Pvt. Ltd Pune
- **Member** Advisory board Panorama International Literature Festival

ф Titles for Literary Pursuits

- Dewakar, ek khushfikr shayar – ***Kaifi Azmi***
- Khudadad salahiyat ka shayar Dewakar – ***Naushad Ali***
- Dard Ka Saudagar Dewakar – ***Javed Akhtar***
- A Bureaucrat with sensitivity of a Poet & unique attraction – ***Shabana Azmi***
- A Bureaucrat with the soul of a poet /Artist – ***Kavita Krishnamurthy***
- A Bureaucrat, philosopher, poet and above all a dear friend! – ***Kanwaljit Singh***
- Dewakar ne wahi likha jo jiya – ***Sameer Anjan***
- Bashaur zehan ka shayar Dewakar – ***Nida Fazli***
- Fikro jazbe ka shayar Dewakar – ***Sabir Dutt***
- Khoye huye soye huye lamhon ka shayar Dewakar - ***Salma Siddiqui***
- A poet with pure heart and very fine personality – ***Sunil Gangopadhyay***
- Fakr-e-Hind- Dewakar - Jashn-a-Bharat.
- Pasban-e-Adab- Dewakar
- Ramdhari Singh Dinkar National Award - Govt. of India

ϕ **Keynote Speaker/Chairperson National & International Forums** (Selected Ones)

- Panorama International Lit. Festival January 2022
- Education Policy challenges Tamil Nadu Central University December 2021
- Performance appraisal WFH Indian Business Academy Bangalore December 2021
- Constitution of India NBCC New Delhi December 2021
- RTI workshop for PSE SCOPE November 2021
- Performance Appraisal WFH Dr. SB's vlog **USA** October 2021
- Womennovator Cohort 3 incubation, Zoom Meet September 2021
- National seminar on C I T & AI, National Institute of technology, Jalandhar, Google meet August 2021
- Performance appraisal post covid 19 scenario Webinar PHI learning April 2021
- International E-conference on Advancements in management IIHS Ghaziabad March 2021
- Transformation for continuity, Vishwakarma Skill University/FMA, Google Meet Feb 2021
- RTI in Digitized Era, Indian Institute of Corporate Affairs Blackboard Jan 2021
- C I T and Artificial Intelligence & National Institute of Technology Jalandhar Jan 2021
- Change Management during COVID-19, Central University Tamil Nadu Google Meet Jan 2021
- Talk show TV interview by Ten News December 2020
- Right to Information NBCC December 2020
- Psychological Frontier of Trade unionism Murugappa Group Microsoft Team Chennai Aug 2020
- "Hospitality & Tourism Education: Post COVID-19" ICFAI University Sikkim Webinar July 2020
- Change Management Industry 4.0 D Y Patil University Pune Webinar July 2020
- Airports in post pandemic world, Adani Institute of Infrastructure Webinar May 2020
- Change Management Industry 4.0 webinar workshop Amity University **Mauritius** March 2020

- MDP for PSUs SCOPE New Delhi February 2020
- Industry 4.0 Business International Conference IIHS Ghaziabad January 2020
- MDP for CCI Indian Institute of Corporate affairs Gurgaon January 2020
- MDP for AAI Management Development Institute Gurgaon January 2020
- MDP National Building Construction Corporation Ghitorni January 2020
- National Seminar on Aviation management & law Saveetha School of Law Chennai, October 2019
- International Conference on Artificial Intelligence, IHC – New Delhi, September 2019
- Advanced Professional Program in Public Administration, IIPA- August 2019
- Airport Cyber Security International Conference **Singapore** - June 2019
- PHD Chamber of Commerce Aviation Summit 2019, New Delhi - April 2019
- Next Generation Initiatives International Conference, Calcutta - March 2019
- CSR Conclave, Mathura - January 2019
- Human Capital Management International conference, **Singapore** - November 2018
- Airport Modernization International conference- Bengaluru - August 2018
- Indian colloquium of Aviation Technology and Operations'18- Banasthali - March 2018
- Aviation Soft Skills Course Validation JAATO **Amsterdam** Netherland January 2018
- CII Gujarat aviation conclave, Ahmadabad - July 2017
- ICAO Global Aviation Training Symposium Addis Ababa **Ethiopia** – April 2017
- Senior Management Course MES, IIPA - June 2017
- International Conference on Youth 2025 Jaipuria Institute, Jaipur - February 2017
- IAS Professional Course - II LBS National Academy of Administration, Mussoorie – July 2016
- HR Conclave DMA-Thomas Assessments, New Delhi – August 2016

- Advanced Professional Program, Indian Institute of Public Administration, New Delhi – January 2016
- National Convention of Institution of Engineers, Manipal University, Jaipur – October 2015
- Conference on Civil Aviation in India – Vision 2020 – Diligentia, New Delhi – May 2015
- Symposium on Business Innovation – IIMU, TISS & HPCL, Pune - November 2014
- HR Conclave, Jindal University – November 2014
- First HR Summit, Indian Institute of Management, Raipur – September 2014
- Zee Business, Why Engineering – TV Talk Show – Engineering Watch - April 2014
- National Employability Summit - Engineering Watch - New Delhi – November 2013
- Recruiters' Conclave Indian Corporate & MNCs-SCOPE – New Delhi – November 2012
- Asia HR Summit, **Kuala-Lumpur** – March 2011
- International Conference "India Emerging: Opportunities, Challenges - Noida– February 2011
- Airport Operations Summit - **Singapore** – June 2010
- Contract Based Temporary Employment Conference -**Singapore** – July 2009
- Low-Cost Carrier Conference – **Kuala-Lumpur** Malaysia – June 2009
- International Conference "Inter Airport India 2008", New Delhi – September 2008
- Asian Airports Summit, **Singapore** - February 2008

ф Special Assignment / Achievement

- Offered ICAO-UN assignment as HR Consultant for **Botswana** at highest P-5 level & also as Head European- Indian Aviation Research Centre, **Frankfurt University** of Applied Sciences.
- Awarded Ramdhari Singh Dinkar National Award 2017 by Ministry of home affairs Govt. of India.
- Formerly Corporate Member, National Institute of Personnel Management, Editor Chetna & Akanksha

Magazines, President IAAI Officers' Association, Calcutta Airport and AAI Employees Joint Forum (ER), Managing Committee Member, Kendriya Vidyalaya & Calcutta Airport, English High School.

- Completed 10 days Vipassana course at Golden Pagoda, Mumbai.
- Called as **Vice Chancellor** National Aviation University Nominee by search committee Headed by Cabinet Secretary Govt of India.
- Team leader to represent 14 countries of Europe, Middle East, South Asia addressed 400 delegates from 40 countries in Global Aviation conference at **Addis Ababa Ethiopia.**

ф Associations

- Life Member, All India Management Association (AIMA)/(DMA)
- Life Member, Foundation for Aviation and Sustainable Tourism (FAST)
- Associate Member, Kolkata International Foundation for Arts Literature and Culture
- Life Member, International Society for Krishna Consciousness (ISKCON)
- Member, Kalakar Films Award Committee, Kolkata
- Advisor, World Association for Value Education, Kalpataru and India Style Fest.
- Qualified for Commissioned Officer 1982 Services Selection Board (SSB), Bangalore

ф Publications

- "Departmental Enquires Concept, Procedure & Practice" – Shroff Publishers - ISBN: 978-81-8404-708-0
- "Performance Appraisal & Compensation Management" – Prentice Hall - ISBN: 978-81-203-4565-2
- "Living a Stressful life with Joy" – UBS Publishers & Distributors - ISBN: 978-81-7476-507-9
- "An Endless Travel" - Banyan Tree - Rajkamal Publciations – ISBN: 978-81-905401-5-5

- “Right to Information – Concept, Procedure & Practice” - Universal Law - ISBN: 978-93-5035-576-3
- “Sisaktey Armaan” - Hindi Poetry Collection
- “Sisaktey Armaan” - Urdu Poetry Translation
- “Mere Hissey Ka Suraj” - Hindi Poetry Collection
- “Mere Bachpan Ka Chand” - Hindi Poetry Collection - AuthorsPress - ISBN:978-93-89824-96-4
- “Girti Deewaron Ke Beech” - Hindi Story Collection”- Bhawna Prakashan – ISBN: 978-81-7667-189-4
- “Thavikkum Aasaigal” - Tamil poetry translation
- “Amar Shaishber Chand” - Bangla Poetry Translation- Shri Prakashan Calcutta
- “Vezhunaa Chuvarukaikidayil” -Malayalum Translation - DC books Trivandrum - ISBN 978-81-264-7679-4
- “AIIMS: Catch Me If You Can” - English Novel - Authors Press - ISBN: 978-93-86722-70-6
- “Tum Laut Aao” – Hindi Poetry Collection – Evincepub Publishing ISBN: 978-93-89125-76-4
- “A Tryst with a Neurologist” – Evincepub Publishing – ISBN: 978-93-897740-8-5
- “Training and Development A to Z” Reference Book (Under Publication)
- “Writings on the Wall” –Inscription of time on pages of Life - Poetic Imagica - ISBN:978-93-89906-10-3
- “FIR Concept procedure & Practice” – Delhi Law House” – ISBN: 978-93-8891-818-3
- “Reflections” – Inscription of time on pages of Life – Authorspress – ISBN: 978-93-90588-47-3
- “Tis not the time to go” – Poetry Collection Authorpress – ISBN : 978-93-90871-87-0
- “Police Investigations” – Delhi Law House – Under Publication
- “Lamho se Lamho Tak – Poetry collection Authorspress -ISBN:978-93-5529-058-8
- “Kuchh Dhage Ulajhe Hue – Story collection - Prakhar Goonj Publication – ISBN : 978-93-90889-09-9

(Articles, Poems, Stories & Interviews Published in over hundred Magazines, Journals & Newspapers)

ȸ Belongings

- **Father:** Late Shri Daya Prakash Goel, Vice Principal, Police Training College, UP
- **Grand Father:** Late Rai Bahadur, Capt. Dr. Kedar Nath Goel, the First Indian Civil Surgeon
- **Uncle:** Late Air Marshal S. N. Goyal, C-in-C, IAF/ Commandant NDA, Khadakwasla
- **Wife:** Smt. Sangeeta Goel, Advocate, Delhi High Court
- **Son:** Er. Kartikeya D. Goel, Associate Consultant, Tata Consultancy Services, NOIDA
- **Daughter:** Dr. Sharmistha D. Goel, BDS, Dental Surgeon at Mauritius

ȸ Can be Reached

Residence: 1704, Tower-6, Sunworld Vanalika, Plot GH-1B, Sector-107, NOIDA – 201304 (U.P.)
Cell Phone: +91- 98682 47070
E -mail: dewakargoel14@gmail.com
Website: www.dewakargoel.com
Blogspot: dewakarscorpio14.bpot.co

www.ingramcontent.com/pod-product-compliance
Ingram Content Group UK Ltd.
Pitfield, Milton Keynes, MK11 3LW, UK
UKHW021657190726
13853UKWH00001B/316